宮田愛萌
Miyata Manamo

あやふやで、不確かな

幻冬舎

あやふやで、不確かな

目次

CONTENTS

EPISODE 1

成輝

だから、俺が振ったんだって。

金曜日の居酒屋は駅から少し離れたとしても人のざわめきに満ちている。だから一瞬聞き間違えたのかと思ったが、伸《しん》の口から出てきたのは同じ言葉だった。

「だってお前、冴《さえ》ちゃんのことめちゃめちゃ好きだったじゃん。どういうことだよ」

成輝《なるき》が半分くらいに減ったハイボールを飲みながら尋ねると、伸は不服そうに目を細めた。

「俺だってわかんねえ、ってかわかってたらこんな引きずってねえんだよ」

「別れてどんくらいなん？」

「半年は経ってない」

成輝の口から遠慮のないうわ、という声が出る。流石《さすが》にキモいぞ、とは言えなかったがそう思っていることは伸にも伝わっているのだろう。伸はビールをあおるように飲み干し、もう一杯頼むために店員に向けて軽く手をあげた。

「成輝もなんか飲む？」

「あー、ウーロンハイ」

　ウーロンハイと生ビール、と茶色い髪を一つにくくった女の子の店員に頼む伸を横目で見ながら、成輝はまだジョッキの三分の一ほど残っているハイボールを強引に飲み干した。ジョッキの外側に付いた水滴がスーツにぽたりと落ち、ついでに手をつたってシャツの隙間に入り込む。それが妙に不快に感じて腕を軽く振った。

　伸とは、大学時代、学部は違うものの、フットサルサークルの同期だった。サークルの仲間で遊ぶうちに時々二人でも飲むようになり今に至る。互いに社会人になると飲みに行く頻度は減ってくるが、それでもなにかあると、飲み行かん？　と連絡が来るような関係性。

「で、そんな引きずっているお前は愚痴を聞いてもらうために俺のことを呼び出したわけだ」

「だって冴のこと話すとしたらお前だろ」

「まあ、そうだろうな」

　冴と成輝は高校が同じなため話しやすいのだろう、と成輝は思っている。とはいえ、伸に冴のことを聞くまで忘れていた程度の関係値である。伸に「茂原《もばら》冴ってわかる？成輝と同じ高校らしいんだけど」と言われた時に、名前を聞いたことはあったが顔がわからず、帰って卒業アルバムを確認した。その写真を送ってくれと伸に頼まれて、昼食一回と交換で送ってあげたこともあった、と成輝は思い出す。

「でも付き合ったのって大学四年くらいだろ？　あれ、就活前だっけ。したら結構長かったじゃん。三年くらい？」

「三年五か月くらい、だけど」

即答した伸に対して成輝はため息を吐《つ》いた。

「三年半でいいだろ」

まあ、などともごもご呟いている伸を一瞥《いちべつ》して成輝は唐揚げを口に放る。冷めてべたとしているが、これも居酒屋の味という感じがして成輝は嫌いではない。

「別に喧嘩別れとかじゃないんだよな。復縁したいの？」

「冴から復縁したいって言ってきてくれたら復縁もあるけど、俺からはない」

「今まで連絡来てないなら無理だろ。つかもう半年なら別の彼氏いるんじゃん？」

成輝がそう言うと、伸はわかりやすくうなだれた。いやまだ半年は経ってないし、と言いながらスマホをいじりだす伸がなんだか少し哀れに見える。

「正直俺は伸から聞く冴ちゃんしか知らないしわかんないよ。でも女子ってそうやってさっさと次いくって言うから」

「これ、冴のインスタ、彼氏いると思う?」

見せられたスマホの画面には成輝もフォローしている冴のインスタグラムのプロフィールが表示されていた。投稿されている画像はそんなに多くない。内容もアフタヌーンティーや遊びに行った先の景色など、当たり障りのないものばかりで、それらで何かを判断しようというのは難しいだろう。

最新の投稿はテーマパークに行った時のもので、パーク内で食べたのであろうアイスの写真と冴の後ろ姿の写真だった。

「だから俺はそんなに冴ちゃんのことわかんないんだって」

「冴って俺と付き合ってる時も二人の写真とか載せなかったしわかんないんだよ」

成輝は自分の彼女のインスタグラムを思い返し、彼女も成輝とのツーショットを載せていないことに気づいた。

「でも、俺も彼女の写真載せてないし、お前もだろ? そういうもんじゃん」

そうだよな、と頷《うなず》く伸はスマホを置いて何杯目かわからないビールを飲む。そうなるとやはり冴にもう彼氏がいるかどうかは投稿を見るだけでは一生わからないだろうということに成輝は気づいたが、伸に言うとまた面倒なことになりそうで、黙ってウーロンハイを口に運んだ。

「結局なんで別れたんだっけ？」

「なんか最近冴とデートしてないな、みたいなところからどんどん冴の気持ちが離れていることに気づいちゃって、もうしんどくなって、別れたいって言った」

「ふうん」

適当な相槌を気にする様子もなく、伸は続ける。

「結局さ、ずっと俺ばっかかりが好きだったんだよなあ。三年半続いただけでもすごいのかも」

成輝はなんと言っていいかわからずに、またふうんと言った。伸が苦笑する。

「成輝も今付き合ってる子いるんだろ」

「いるけど、なんだよ」

「いや、俺ばっかかり話してるし、成輝の話も聞かせろよ」

「俺はめちゃめちゃ順調だからな、失恋引きずってる奴にできる話はない」

伸が成輝の肩を小突いてにやりと笑った。

EPISODE 1 成輝

終電までまだ時間はあるものの、それなりに飲んで胃も膨れたところで解散することになった。夏の夜は昼間に比べると過ごしやすいが、太陽光がないだけでまだ暑い。ネクタイを緩めても、暑さはそれほど変わらない。最寄駅が地下鉄で良かったと思った。

成輝は混んでいる電車の中で音楽を聴きながら、スマホを開く。来ていた連絡は大体がどこかの企業のPRで、それを上から順に既読にしていった。返信が必要な友人からの連絡は一旦無視をしてから、最後に一番上にピン留めしている彼女とのトーク画面を開く。シンプルに「ももか」とひらがなで登録されたトークルームは、前日の夜に成輝が送ったスタンプで終わっている。

――週末暇？　一瞬でいいから会おうよ。会いたい

成輝が送るとすぐに既読が付き、なぜか少し安心した気持ちになる。そうして、自分が伸の話を聞いて不安になっていたことに気づいた。

――ごめん、月曜日面接なんだよね

――まじか、じゃあ無理だな

――次の面接で一旦全部終わるから、その後でもいい？　就活でなかなか会えなく

てごめんね

成輝はふっと息を吐く。流行《はや》りのキャラが頑張れと言って応援しているようなスタンプを送ってから、イヤホンから流れる音楽の音量を上げた。

大学四年生の桃果は就活の最中だ。あまり自分の就活について話さないためどこまで踏み込んでいいのかわからず、成輝はただ応援していることしかできない。成輝自身も就活は経験し、大変だった思い出もあるため、桃果が会うのは難しいと言えばそうなのだろうと納得するしかなかった。それでも、少しくらい会えないのかと不満に思ってしまうくらいは許されたい、と成輝は思う。

じゃかじゃかと耳の中で流れる音楽がアップテンポなものから、桃果も好きだったバンドのバラードに変わる。今年の初めに解散してしまったこのバンドのライブで成輝と桃果は出会った。

桃果との出会いは、どこにでもあるようなものだったと思う。好きなバンドのライブの物販の列で前後になって、少し話をした。成輝は普段から一人で来ていたため、こうしてライブ前に話せることが新鮮だったのだろう。話しているうちに、笑顔が可愛いところと明るいところがなんかいいなと思って、連絡先を交換したのがきっかけだった。

「連絡先？　いいよ」

大学生だという桃果は自分が年下であると知っても一切敬語を使う気配がなくて、そこがまた成輝には可愛かった。顔立ちは年相応ではあるが、あどけない少女めいたものを感じさせる振る舞いのアンバランスさにも夢中になっていった。

あとから聞くと、桃果は成輝のことを同い年くらいだと思って敬語を使わないでいたらしい。しかし、思いのほか年が上で、どうして良いのかわからず、敬語を話せない設定で行こうと決めたという。そんなところも可愛かった。

告白は成輝からした。

本当はまだするつもりはなかった。それっぽい雰囲気のデートを楽しんでいるのもいいかなと思っていたこともあり、告白をする心の準備も何もしていないまま、しばらくはただの食事をするだけの友達のような関係だった。

「成輝って私のことどう思っているのかなって思うんだ」

「どうって？」

桃果は、なんか私酔ってるのかな、と言いながら楽しそうに笑っていた。それなりにアルコールのまわった頭で考えていても冷静な判断が下せるはずもなく、成輝は質問で返した。

「好かれてるのかなとは思うんだけど、成輝はそこから進める気はないのかなとも思ってる。どう?」

「いや、そんなことはないけど」

これは良くない流れだなと思いながら成輝はもうどうすることもできない。

「ねえ、私のことどう思ってる？　私は成輝の口から聞きたいな」

桃果から成輝に連絡が来たのは月曜日の夜だった。面接は今日だと言っていたから、仕事終わりに合わせて連絡をくれたのだろうなと、職場から帰る準備をしながら成輝はやわらかい気持ちになる。

――面接終わったよー

――疲れたー

――会おー

三件連続で来ているメッセージと、最後に送られてきたぴこぴこと動く謎のスタンプが桃果の解放感を表しているようで、成輝はマスクの中でふっと小さな笑い声を漏らした。

会社から出て駅までの道を歩きながら、成輝はふと思い立って桃果に電話を掛ける。もしかしたらこのあと一緒にご飯くらいなら行けるかな、という期待は、スリーコールほどしてから電話に出た桃果の背後から聞こえる音で消えた。

「成輝？　仕事終わったの？　お疲れ様」

「桃果こそ面接お疲れ。面接終わったって聞いて電話したんだけど、ごめん、タイミング悪かったね」

人のざわめきとカチャカチャという音。どこかの店で食事でもしているのかもしれない。誰かが店員を呼ぶ音も聞こえた。

「あ、うるさかった？　ごめん。今大学の友達とご飯してるんだけど、成輝はご飯まだ？」

「うん。今会社からの帰り道だから。夜うち来ない？」

「今日かー。どうしよう。面接帰りだからスーツなんだよね。成輝の家になんか私の服あったっけ?」

歯切れの悪い桃果に、成輝はあーと声を出しながら、言葉を探す。もう駅の改札は目の前だった。一度端に寄り、人の邪魔にならない場所でスマホを持ち直す。

「全然無理しないで大丈夫。またにしよう」

「ほんとごめん。今日一旦帰れば良かったな。今週末とかは? 土日は予定あるんだけど、金曜の夜とかならあいてるよ」

桃果の申し訳なさそうな声に、成輝は複雑な気持ちになった。

就活が原因でなかなか会えていないことを気にしているのだろうなということは、成輝にもわかっている。桃果は成輝の知らない友人といる時には基本的に電話に出ない。本人も、「友達にも成輝にも気を遣わせたくないから、全員知り合いじゃないと電話には出たくない」とはっきり言っている。それなのに今日は出たということは相当無理しているのだろう。すべてわかっているのだ。わかっているからこそ、何も言えない。

「金曜日、俺も多分大丈夫。後でどうするか連絡してくれる?」

「わかった! ありがとう」

「いや、友達といるのに長々ごめん。また」

はあい、と明るい声を最後に電話を切った。

成輝はスマホをスーツのポケットにしまい、鞄の中からパスケースを取り出した。そろそろスマホ内蔵のICカードに替えた方が便利なのだろうという意識はあるものの、社員証も同じパスケースに入れているためどうせ替えても持ち物が減るわけでもないし、と後回しにしている。社会人になった時にアウトレットで買ったパスケースは、艶を消した革でできていて長く使っていても使っている感じがあまり見えずに気に入っている。改札を通った後、成輝は粗雑に鞄の中にパスケースをしまった。

自宅のマンションの郵便受けを開けると不在票が入っていた。宅配ボックスがいっぱいで持ち帰ったらしい。差出人は何かの会社だろうか。最近はネットで注文するより買いに行ってしまう方が早く、何かを頼んだ記憶もないため成輝は首をかしげる。

「なんか買ったっけ?」

マンションの廊下に誰もいないのをいいことに声に出して呟いた。

この間通販サイトで買った服は予約商品のため来るわけがない。酒類は確かに通販で買う方が便利だからそうしているが、この間買ったばかりだから違う。頭の中でひとつひとつ可能性を考えながら自宅へと足を進めていった。

「あ、円盤か」

結局思い出したのは、夕飯を食べ終えてお風呂に入り、ドライヤーをしている時だった。

半年くらい前に予約したライブのブルーレイディスク。

昨年末に行われたライブの映像を収録したもので、このライブにも桃果と行った。この時期の桃果は「就活したくないよう」と言いながら、インターンを何社かこなし、就活の準備をしていたなと思い出す。桃果の家からインターン先に行くより、成輝の家から行った方がアクセスが良かったため、あの時期はしょっちゅう成輝の家にいた。合鍵を渡し、成輝が仕事から帰るとスウェット姿の桃果が「おかえりー」と出迎える様子は、仕事で疲れた体に大変沁みた。

不在票のQRコードにアクセスし、再配達の依頼をする。最後の時間帯にしても、平日だと帰って来られるか微妙だが、流石に明日には宅配ボックスも空くだろう。楽観的な予想を立て、成輝はサイトと一緒にスマホを閉じる。

桃果から届いていた『金曜日成輝の仕事終わりに待ち合わせてご飯行こ。そのあと家泊まってもいい？』というメッセージへの返信を後回しにして、特に興味のないバラエティー番組をぼんやりと眺め続けた。

「会うの久しぶり？」

仕事終わりの成輝の前に現れたのは、前に会った時より髪色が明るくなった桃果で、久しぶりに見る黒髪でない桃果に一瞬言葉が出なくなる。

「そうだね。髪、染めたんだ」

「そうなの。ひとつ内定出てて、まだ月曜日のところは連絡来てないんだけど、そこがだめでも内定出たところに決めようかなって思ってるから、もういいやって。流石にブリーチはやめておくけど」

嬉しそうに笑う桃果に、本当に就活が終わったのかという感慨深い気持ちが湧き上がる。桃果の就活について全然なにもわからない成輝がこんなに感慨深いのだから、桃果はもっと嬉しいだろうと思った。

「おめでとう」

「ありがとう。やっと自由の身って感じで、ほんと、長かったあ」

スーツ姿の成輝にあわせてか、ピンクベージュのトップスにシンプルなスカートを合わせた姿の桃果がいつもより大人っぽく見える。成輝はさりげなく目線を逸らし、レストラン街の方に促した。

「どこにする?」

「うーん、何がいいかな。お酒飲めるとこがいい?」

「どっちでもいいよ。飲みたかったら帰ってからでも飲めるし」

ショッピングモールのレストラン街にあるフロアガイドの前で相談をする。こういう時は大抵成輝が決めていたが、今日は何がいいかさっぱり思いつかずに、ぼんやりと目が写真の上を滑っていく。

「じゃあ、韓国料理にしない? 久しぶりにヤンニョムチキンとか」

いいね、と成輝が微笑《ほほえ》むと、じゃあと先に桃果が歩きだした。

辛いものが好きな成輝はスンドゥブチゲを頼んだ。プデチゲと悩んで、今日は海鮮の気分だと決める。

「私猫舌だからやけどしちゃいそうだし、ビビンパも美味《おい》しそうだから、ビビンパにしようかな」

桃果は言い訳のような理由を口にしながら、ビビンパを注文する。成輝が、ビビンパも美味しいよな、と言うと嬉しそうに笑った。辛いものが苦手な桃果は韓国料理を食べに来るといつも、これ辛いかな、と尋ねるが、今日は何も聞かずに決めている。

「ここ来たことある?」

「うん。別の店舗だけど」

「やっぱり。いつも辛いか気にするのに今日はすぐ決めてたから」

「えー、っていうか前に来た時に成輝がここのビビンパは辛くないって教えてくれたんじゃん」

ちょっと前だけど覚えてない? と続ける桃果に成輝は少し焦って記憶を手繰り寄せる。ここの店舗じゃない韓国料理屋さんに桃果と来た記憶。

正直に言えば、韓国料理の店の区別なんて成輝にはつかない。そして人と行くことも多いためいちいち覚えていられない。賭けのつもりで成輝は言った。

「えっと、ライブの後?」

「そう。その時成輝ヤンニョムチキン食べててさ、私はその時もビビンパ」

桃果が笑って少し眉を上げる。

「よく覚えてるな」

「だって成輝がここ美味しくて好きって言ってたし、その後私がデートで辛いの食べないでって言ったら、慣れろって言うんだもん。さいてい」

桃果のその楽しげな表情に、成輝もつられて口元が緩む。

「で、また俺は辛いものを頼んでる、と」

「そういうこと」

「帰りにコンビニでアイス奢るから許してよ」

一番高いやつにしよっと、と言う桃果が今日会った瞬間よりもずっと子どもっぽく見えて成輝は安心していることに気づいた。そうして気づいた瞬間に、自分のことがひどく気持ち悪く思えて、慌てて打ち消す。

これじゃあまるで。

心の中で言いかけて言葉が止まった。続けたかった言葉はそのまま宙に浮いて消えてしまったようで、成輝は最後まで言うことができない。自嘲すらも満足にできないところが、気持ち悪さを増幅させるようだった。

食事を終えて、コンビニに寄ってから成輝の家に帰る。

歩きなれた道でも、桃果と二人で歩くのは久しぶりで、それだけで成輝の気分も明るくなった。

「おじゃまします」

成輝の家に入って早々他人行儀な振る舞いを見せる桃果に成輝は笑った。靴をそろえ、玄関から部屋に上がり、成輝の方を窺うように見る。

「ちょっと前まで普通に鍵使って入ってきてたじゃん」

「いやー久しぶりなもので」

桃果が部屋をぐるりと見回して空気を緩ませる。

「変わってないね」

「そんな数か月で変わるわけないだろ」

「だよね」

冷凍庫に買ってきたアイスをしまいながら成輝が答える。桃果はそんな成輝を見てやっと安心したように笑った。

順番にお風呂に入り、まだほんのり湿った髪の毛を自然乾燥させながら、成輝は桃果と買ってきたアイスを食べる。ベッドを背もたれにするようにして並んで食べる二人の距離は、二十センチほどあいている。

桃果が、溶けかけたふちの方からすくうようにしてアイスを食べるのを、変わった食べ方だなあと思いながら見つめる。その視線が気になるようで、唇をきゅうと結んで桃果が尋ねた。

「なに」

「いや、端から食べるんだなと思って」

桃果が成輝の食べかけのアイスを覗き込む。成輝はアイスに丁寧に線を引き、まるでケーキを取り分けるように切り分けながら食べていた。

「成輝の方が食べ方変じゃない？」

「こっちの方がオーソドックスでしょ」

「そのタイプははじめて見たよ」

そう言いながら、桃果が体を寄せる。あいていた二人の隙間が無くなった。

「なんかさ、就活真面目にやってたのに、全然内定取れなくて焦ってたんだよね」

「そうなんだ」

成輝はアイスを切り分けて口に運ぶ。口の中で溶けだして、濃厚な甘みが舌にまとわりつく。

「成輝はさ、会った時から社会人だったし、いいなあとか思っちゃいそうであんまり会わないようにしてたんだよね。気づいてたでしょ。ごめんね」

「俺だって就活はそこそこ苦労したよ」

桃果が避けていたことに気づいていたとは言えなかった。気づいていたから、気づかないふりをして鈍感に誘い続けたことも。取り繕いすぎてぎこちない日本語になりながらずれたことを言った。そんな成輝を、桃果は目だけでちらりと見て、また視線をまっすぐに戻した。

「うん。わかってるんだけど、自分以外が全部羨ましいことってあるじゃん。……この間一緒にご飯行った大学の友達、電話くれた時の、まだ内定決まってないんだあ」

桃果の横顔は、笑っていて、成輝は慌てて目を逸らす。

「まあ、そんな感じで、就活で最低な自分をね、改めて実感したわけなのです。現金なもので、内定が出ちゃえばこんな風に話せちゃうんだけどね」

成輝は桃果の顔を見ることができなかった。何を言っても桃果を傷つけるような気がして、でも何も言わないのも不誠実な気がして、成輝はためらいがちに言葉を押し出す。

「俺は、あんまりわからない、けど、なんて言ったらいいのか、もわかんないけど」

うん、うん、と言葉が途切れるたびに桃果は相槌をうつ。

「桃果が頑張ってたことだから、そんなに気にしなくていいんじゃないって思ってる」

少しの間があった。真ん中部分も柔らかくなったアイスをスプーンですくって食べてから、桃果は返事をした。

「ありがと。なんかせっかくアイス食べてるのに変な感じになっちゃった。そんな重い感じで話すつもりじゃなかった、っていうか、こんな感じで一人で病んでただけだよって言いたかっただけなんだよね」

空になったカップを片付けながら桃果は、「あ」と続ける。

「でも嬉しかったよ。成輝がそんな風に言ってくれて」

「そう?」

「成輝、あんまり言葉にするタイプじゃないから、たまにそうやって言ってくれると、なんだろ、なんか嬉しいというか、愛されてるんだなあって感じがする」

桃果の言葉に安心して、成輝はふっと息を吐いた。

桃果は結局最初に内定が出たところに決めたらしい。電話ごしに、そういえば言ったっけ、と言っていた。とりあえずおめでとうと返したが、本当におめでとうでいいのかも判断がつかず、まるで感情のこもっていない言葉になっていたな、と電話を切ってから成輝は思う。

それでも、何を言えばよかったのか、正解がわからないまま仕事の忙しさに流されて成輝の頭の中からその問いは消えていった。

「津久野《つくの》さん、佐藤さん、今日仕事終わったら一緒に飲みに行ってくれませんか？」

昼休み、成輝が同期の佐藤と昼食をとっていると、同じ部署の後輩の山本に声をかけられた。社食はほどほどに混んでいる。定食の盆を持ったままの山本に、自分たちの隣の席が空いているので座れば？　とさりげなく促す。

「いいけど」

「ありがとうございます。助かります。実は今持っている案件のクライアントさんと今度ラフな飲み会しようってことになったんですけど、お店を下見しておきたくて。

本当は同期と行く予定だったんですけど急にダメになっちゃったみたいで」

山本が申し訳なさそうな顔を作りながら、定食の味噌汁を飲んだ。華美な化粧ではないが、しっかり色のついた唇が潤う。

「あ、ごめん俺夜予定あったわ」

スケジュールを確認しながら佐藤が言った。

「まじか、他に誰か誘う？」

「そうですね。誰かいたら是非誘ってもらえると嬉しいんですけど、難しいですかね。そうしたら全然別日でも」

山本がスマホでスケジュールを確認しながら、定食の揚げ出し豆腐をぱくぱくと口に運んでいく。食べながら、打ち合わせの時のような口調になっていくのが面白いなと成輝は思った。

「別にいいよ。山本さんがダメじゃなければサシでも大丈夫だし」

成輝の言葉に、山本が少しだけ目を開いた。人工的な虹彩がむき出しになる。

「二人ですか、どうしよう、あー、でも、はい。大丈夫です。お願いします」

「一応誰かいないか探してみるけど、もう同期誘った後でしょ？　俺らの同期か後輩で酒飲めるのって誰かいたっけ」

成輝が佐藤に問いかけると、佐藤が首をかしげた。

「山本さんいるし女子の方が良くない？　豊田とか夏井とか？　でも部署違うしな。つか部長呼べば？　全額出してもらえるんじゃない？」

「だるすぎだろ。あー、思いつかないな。ごめん、まじで二人かも」

成輝が山本の方を見ると、ブンブンと音が鳴りそうなほど首や手を振る姿があった。

「いえ、津久野さんのご迷惑でなければ大丈夫です。すみません、ほんと」

「まあ、飲みって言っても仕事のうちだし。一応声かけられる人いたら聞いてみるけど期待しないでもらえると嬉しいかな」

「ありがとうございます」

じゃあ後で、と言いながら成輝と佐藤は立ち上がって社食を後にする。山本が会釈しているのを感じながら、特に振り返ったり手を振ったりすることもせずに自分たちのフロアに向けて佐藤と並んで歩いた。

「サシって微妙じゃない？　山本さん女の子だし、津久野も彼女いるんだろ？　せめて男でも一人誘えよ」

「でも山本さんも知ってる人で誘える奴いなくない？」

「まあ、でもお前からサシでって言ったら断れないじゃん。とりあえずお前の彼女には言っておいた方がいいよ」

佐藤が声をひそめる。その声の聞き取りづらさに、成輝は自分よりほんの少し下にある口元に耳を寄せた。

「俺、前女の子と二人でご飯行ったんだけど、そん時の彼女にバレたことあるんだよね。マジでやばくて、包丁持ち出されたんだよね。……ま、俺はそん時ホテルも行ったからかもしれないけど」

「それはお前が悪いだろ」

成輝が言うと、佐藤はにやりと笑った。

「まあ、山本さんはそんな気はなさそうだけど、気を付けろよって話。つか、山本さんに彼氏いたらお前が刺されんじゃない？」

縁起でもないことを言うな、と肩を軽く小突きながら午後の仕事へ戻った。


定時を少し過ぎた時間に、後輩の山本が成輝の下《もと》にやってきた。

佐藤のアドバイス通り桃果に一言連絡を入れたが、桃果からの返信はまだない。今日はバイトだったのだろうか、と思いながらスマホを鞄の中にしまった。

「すみません、お待たせしました」

「いや、全然。結局誰も捕まらなかったけど、大丈夫？」

成輝が尋ねると、山本は大丈夫です、と言いながら歩きだした。成輝もそれに従って歩く。

「一緒に行く予定だった同期が体調崩したみたいで行けなくなっちゃったんです。色色聞いてみたんですけど、お酒飲める人がそもそも少なくて。それでこんな急に誘ってしまって、すみません」

山本がスマホのナビアプリを見て成輝を先導しながら、経緯を説明する。

「いや、俺は大丈夫だけど、サシになっちゃって申し訳なかったかなってあとから思ったんだよね」

「ああ、そうですね。ちょっとびっくりしました。……あ、ここ左です」

「おけ。俺まじで何にも考えてなくて、あとから嫌だったかなってちょっと反省した」

成輝がそう言うと、山本はこらえきれなくなったように笑った。

「まあ、異性の先輩と二人で外回りとか出張とかもありますし、仕事だと思えば許容範囲内です。普通に、一緒に行く予定だった同期にも津久野さんと行くって言いましたし」

気を遣わせてごめん、と改めて成輝が謝ると、いいえ、と返された。

着いた店は、こぢんまりとした居酒屋で、鶏肉料理が売りの店らしい。アルコールも、地酒やビール、サワー類と種類も様々で頼みやすそうだった。

「いいね、落ち着いてて」

成輝が店を見回しながら言う。予約をしていたようで、奥の二人掛けの席に通された。メニューは筆で書かれていて温かみがあって良い。確かに山本のクライアントが好きそうだ、と成輝は思った。

「クライアントといる時に色々気にしたくなかったんで、絶対に焼き魚のない店にしました」

大真面目な顔でメニューを眺めながら言う山本が面白くて成輝が笑うと、後輩は眉をひそめた。

「何か変なこと言いました？　それとも思い出し笑いです？」

「いや、確かに焼き魚は気を遣う相手と食べたくないよなと思って」

山本は納得したようなしていないような顔をしながらメニューを覗き込んだ。成輝は少し体を引きながら、メニューを山本の方に押しやると、ありがとうございますと言いながら素直にメニューを受け取った。

店員を呼ぶ。酒が苦手な山本の代わりに生ビールと、ウーロン茶も頼んだ。同時に食事の注文をしてしまおうと、店のイチオシという鶏の唐揚げと鶏の炭火焼き、そして山本が食べたがった卵焼きと大根サラダを頼む。店員ははきはきとした応答で、聞き取りやすく好ましいなと思った。

「あの、私が言うのもなんですが、サシ飲みというものになってしまって、恋人さんなどがいらっしゃったら、大丈夫でしたか？」

頼んだ料理が届き、二人で少しずつつまんでいるころに問われた。

「一応彼女には連絡してるけど、返信ないんだよね。見てないのかな」

「それは、すみません。もし何かあった際には本当に仕事だったと証言はいたしますし、こちらも恋人には言ってありますので」

山本が恋人とのトーク画面を振ってみせる。ひらひらと動くトーク画面ははっきりと読むことはできなかったが、今日も会話したのだろうという痕跡は見える。

「良かった。業務時間外だと気を遣うよね」

「そうですね。ただ、久しぶりに嫉妬しているそぶりの恋人が見られたので良かったです」

それは良かったと笑いながら成輝は、ああ、と思った。その何とも言えない感情はああと言うしかなかった。成輝のスマホには何も通知はない。

――連絡気がつかなくてごめんね。仕事なのに私に気を遣ってくれてありがとう。あんまり飲みすぎないようにね。

桃果からの返信に気がついたのは、成輝が帰宅してシャワーを浴びた後だった。スマホの画面を開きながら、なんて返そうか思いつかずに一度ベッドに寝ころぶ。後輩の手前そんなに飲むわけにもいかず少し飲み足りない。成輝は冷蔵庫に入っているアルコールの缶を思い浮かべながら、取りに行くことすら億劫でぼんやりと天井を眺める。

「嫉妬されたいですし、しますね。何もないってわかってるから嫉妬するんじゃないですか」

「何もないから嫉妬するの？」

「だって何かあるなら嫉妬とかいう言葉で済まさないですし、嫉妬しなくなったら私は普通に冷めたかなってなるタイプです。先輩はあんまり嫉妬しないです？」

あの時の山本さんは変な顔をしていたな、と成輝は思い出す。

文面だけで人の感情が推し量れるわけがないということをわかっていながら、いつもそんなことをすっかり忘れて自分だけが振り回されている。成輝はスマホをもう一度開いて、桃果への返信を作り始めた。

――ありがとう。後輩とだったから飲み足りなくて一人で家で飲みなおしてる。桃果も

そこまで入力して、成輝は手を止めた。一瞬思案してから、打った文字を消していく。すべて消してからもう一度、ありがとう、の五文字だけ入力し、送信ボタンを押さずにスマホを閉じた。

桃果は今日、バイトだったのだろうな、と思う。卒業旅行の資金を貯めておきたい

からとこの夏はバイトに勤《いそ》しむらしい。桃果の家の最寄駅から徒歩三分のところにある居酒屋は、時給は低いがシフトに入りやすいのだと前に教えてもらった。成輝は、伸と二人で行った居酒屋の店員を思い出した。あの時の女の子のように、桃果もアルバイトをしているのだろうか。

桃果のことを考える日が多くなったと、自分でも思う。

来年には大学を卒業する桃果は、新しい世界に飛び出していくことになる。生活は大きく変わり、もちろん交友関係も大きく変わる。成輝にもそれはわかっていた。自分が経験してきた道でもある。

だからもうすぐ俺は振られるだろう。

そんな確信に近い予感が成輝にはあった。成輝が大学に進学した時も、社会人になった時も、生活環境が似ている人との恋愛の方が楽で、当時の恋人に別れを告げてきた。新しい環境で出会う人の方が魅力的に思えるのは仕方がないことだと成輝は思う。

最近の桃果は、成輝から見ても忙しそうだった。就活が終わったというのに、バイトやサークルがあったり、卒論のための勉強があったり、いつも何かの予定がある。そして彼女の予定に成輝の名前が無いことが、不満で、不安だった。

桃果との関係について考えながら、成輝は昔の恋人たちへの自分の振る舞いを反省した。好きだと思っている相手との関係を少しずつ薄められ、最終的に別れを切り出されるというのは、どんな気持ちだったのだろうか。成輝は考えても、よくわからないままだった。

本当なら遊園地にでも行こうかと言っていた土曜日は朝からひどく雨が降っていた。金曜の夜に成輝の家で天気予報を見ながら桃果は、お家デートにしない？　と提案し、結局土曜は朝からだらだら過ごしている。

「卒業旅行どこ行くの？」

成輝はソファにだらりと座りながら尋ねた。朝にシャワーを浴びたきりそのままの半乾きの髪が冷房の風にさらされてまだ冷たい。カーテンの隙間から見える外はグレーの色をしていた。

桃果がスマホから顔を上げた。

「えーと、学部の友達とは沖縄。サークルの友達とはイギリス行きたいって言ってたんだけど、無理そうだから国内かねって話してる」

言われてすぐに、この話は前にも聞いたことを思い出した。桃果はそのことに気がついていないのか、何も気にしていないように答える。

「そうなんだ」

「うん。成輝は？」

「あー、俺は福岡。夜中にラーメン食べに行ったり、明太子重食べたりしたよ」

話しながら、卒業旅行は当時の彼女と行ったことを思い出した。勝手に抱いていた気まずさがどんどん増していく。

その時の彼女は同い年で、せっかくだから卒業旅行に行こうと誘われて計画をたてていた。卒業旅行に行く気はあまりなかったが、彼女が色々調べてくれ、流されるままに行くことが決まっていた。ただ、彼女の方が三月にゼミの仲の良いグループで卒業旅行に行くからと言って、成輝とは十二月の終わりに行った。そのせいかあまり卒業旅行らしくはなかった。それでも他には行っていないため卒業旅行としていいかなと思っている。

卒論も提出し終わり、クリスマスや年の瀬のムードの中でまわる福岡は楽しかった。しかしその後バレンタインを迎える前には別れてしまったので、それが彼女との最後の思い出になった。最後の思い出が楽しいもので良かった、と成輝は思っていたが、今考えると本当にそれで良かったのかはわからない。

「いいね」

そう言いながら桃果が成輝のことをちらりと見た。やましいことはなにも無いのに、その視線に探られているような気がして、成輝は目を逸らす。

「なに？」

ただ聞き返しただけなのに、少し語尾が強くなった。成輝は誤魔化すように笑ったが、口から出たばかりの言葉は取り消せずに二人の間を漂っていた。

「ううん。なんもない」

桃果はゆるく首を振った。

「いや、ごめん。間違えた。なんかいま言葉強くなったわ」

「そう？　べつにいいよ」

「うん」

できる限り柔らかい声を出そうと意識して出した返事は変に歪んで聞こえたが、桃果はわかっているというように、ふふと言った。

一度スマホをつけて何かを確認してから桃果はスマホを置く。

「そういえばこの間さ、内定先の研修があったんだけどね」

そう話しながら成輝の方を向いて膝を抱えた。さんかく座りと呼ばれるこの体勢がいちばん楽なんだと前に桃果が言っていたな、と思う。

「へえ」

「そこで同期になる人たちとも話したんだけど、なんか一人、すごいコミュ力が高い感じの人がいて、気がついたらみんな連絡先を交換してたんだよ。今度ご飯行こうって話してて。その人からの連絡が来てた。成輝もこういうのあった？」

ふっと一瞬斜め上を見て成輝は三年前に思いを馳せる。

「いや、なかった気がする。どうかな」

「そうなんだ。なんか、研修って言ってもまだちゃんと働いてるわけじゃないけどさ、社会人になるんだなあって思うとちょっと新鮮で、頑張ろうって思ったんだよね」

「そうなんだ」

成輝の相槌に桃果は少し眉を上げた。

「社会に出るって、なんかやっぱり学生とは違うんだなって思うよ」

「そうだね」

桃果が成輝のことを見ているのがわかった。自分の返事が淡白になっていることも、なぜかざわざわした気持ちになっていることも気がついていたが、どうすればよいかわからない。せめてなにも言ってしまわないようにと、桃果の話の途中だというのに、仕事用のスマホを見て、チェックするふりをした。

「この間行ったっていう居酒屋さんはどうだったの？」

成輝の気持ちを察したかのように桃果はまた話題を変える。成輝はふっと息を吐き、まだざわつく心を抱えたまま言葉を返した。

「美味しかったよ。なんか一緒に行った後輩が焼き魚食べたくないって言って、肉系の店だった」

「そうなんだ。なんで焼き魚だめなの？」

「骨とるのとかがめんどくさいらしいよ」

成輝がくすっと笑いながら話すと、桃果は「へえ」と言った。

「後輩はお酒飲めないんだけど、ソフトドリンクも結構あっていいって言ってたし、桃果も今度行ってくれば？」

「その後輩ってさ」

桃果が何かを言いかけてから止める。少し開いた口に次第に笑みが浮かんでいき、照れたように笑った。

「ん？」

「いや、なんでもないや。なに言おうとしたか忘れちゃった」

なんだよそれ、と言うと桃果は、最近もの忘れが激しくて、と言いながらへへっと笑った。


ウェルカムドリンクのスパークリング。トウモロコシの冷製スープ。カンパチのカルパッチョ。フォアグラのソテー。水牛モッツァレラチーズを使ったパスタ。一緒に飲むのはウェイターに薦められたワイン。

静かな空間で次々に運ばれてくる料理は見た目も味も素晴らしく、目の前に座る桃果が「おいしいね」と笑うたびに成輝は安心した気持ちになった。

最初、この店に行こうと言った時、桃果はわずかにためらいを見せていた。

「なんで急に？　接待で使うとか？　それは私じゃ絶対に役に立たないよ」

「いやそういうんじゃなくて、普通に調べて見つけたんだけど、桃果就職決まったし改めてお祝いみたいな感じで」

でも、と言う桃果に成輝は「俺が行きたいから」と強引に約束をした。素直に頷いてくれない桃果に苛ついている自分に気がついても、自分ではどうすることもできず、せめて伝わりませんようにと祈る。

「あんまりそういうお店行ったことないから、もも、緊張しちゃうな。じゃあ新しい服買おうかな」

へらりと笑った桃果が冗談めかして自分の一人称を名前に変えながら言う。そして、うん、と頷いた成輝の目をまっすぐ見ながら「ありがとう」と続けた。成輝はそれが少しだけ怖かった。

デザートはチョコレートケーキやマカロン、フルーツが載ったプレートの他に、『桃果おめでとう』と書かれたケーキが運ばれてくる。

「ありがとう。こんなプレートももらえると思ってなかったからびっくりしちゃった。すごく嬉しい。ありがとう」

目を輝かせながら、桃果はケーキを眺める。

「喜んでもらえて良かった。お祝いだからちゃんとしたくて」

成輝が言うと、桃果は笑みを深くして、そうかあ、と言った。その声にじんわり滲む喜びではない感情に気がついて、成輝は心臓の音が大きくなった気がした。焦りを悟られぬように、成輝は深く息を吸ってから口を開く。

「写真も撮る？　俺撮ろうか？」

「ありがとう」

無邪気に笑う桃果とケーキをスマホの画面の中に収めながら、成輝はずっとこのままならいいのに、と思う。そして同じくらい、早く楽になりたいとも思った。


おいしかったね。おいしかったな。中身のない会話を続けながら、レストランの近くの川べりを歩く。胃は満たされ、夏の夜らしい生ぬるい空気だった。

「今日、成輝がなにを言おうとしたのか当ててあげようか」

二歩前を歩く桃果が急に振り向いた。ノースリーブでむき出しになった二の腕が夜の中で白く光って見える。成輝は、今、自分がどんな顔をしているのか見当もつかなくて、せめて怯えた顔はしていませんようにと祈った。

「俺たち、別れないか」

桃果は低い声を作って言った。別れの言葉なのに、語尾がひどく優しくて成輝は困惑した。

「俺の真似?」

「うん。似てるでしょ」

「どうだろ」

「似てるよ」

桃果の隣に並ぶ。桃果はもう成輝を見なかった。耳に着けているピアスがきらりと光り、そういえばこれは自分が去年の誕生日にあげたものだ、と成輝は気づいた。

「どうして俺が別れ話をするって思ったの?」

どうしてわかったの、とは聞けなかった。聞けないんじゃなくて、桃果から別れを切り出されると思っていたからこれで合っているはずなのに、自分があえてこの言葉を選んだのだと成輝は知っていた気がした。そしてそんな成輝のことをわかっているかのように、桃果は思わずといった感じでふは、と笑った。

「あのね、成輝って意外とロマンチストなんだよ。ベタな恋愛ドラマとか好きじゃん。

だから、このタイミングで、こんなロマンチックなデートは何かあるなって思ったんだ」

桃果は一旦足を止めて、そこのベンチ空いてるから座ろうか、と言った。

「で、こういうシチュエーションが映えるのはプロポーズか別れ話でしょう。でもプロポーズは流石にもう少しお互いの感覚とかすり合わせて、イエス以外の言葉が出ないことを確信して、あの指輪パカッてやつをやるんだろうなって思ったの」

そう語る桃果はどこか楽しそうだった。

成輝は桃果から目を逸らし、自分の靴を見つめる。目の前を通りすぎていく楽しそうな人たちはきっと、ここに座る自分たちが別れ話の真っ最中だなんて夢にも思わないだろう。不意に成輝も笑いたいような気分になった。

「その、あの、いいの？」

成輝は桃果を見ずに尋ねる。

「ちゃんと正解か不正解か、成輝の口から聞きたいな」

桃果は首をかしげた。その仕草に、成輝はなぜ桃果を好きになったのかを思い出して、これから自分の言う言葉の身勝手さに体が震えた気がした。

桃果とはじめてデートらしいデートに行ったのは付き合い始めて数か月してからだった。それまでしていたのはライブに行ったり、ご飯を食べたり、デートと称していたけれど、わかりやすいデートとは少しずれたものだった。そのせいか、成輝は朝から妙に緊張していた。

有名なテーマパークに行く約束をしていた。

乗換を調整してわざわざ途中で会えるルートを選んで待ち合わせをすることも新鮮で、桃果の姿が見えるまで成輝はイヤホンから流れてくる曲がずっと一曲リピートになっていることにすら気がつかなかった。

「遅くなっちゃってごめんね」

遠くから早足でやってきた桃果に返事をしながらイヤホンを外して鞄の中にしまう。指先がもつれて、鞄の中に落とすという表現の方が正しいようなしまい方だった。

「いや、全然。音楽聴いてたし」

「あ、昨日出た新曲？　私もさっきまで聴いてた。良かったよね」

ぱっと表情が華やいだ桃果に、違うとも言えず、成輝は「ああ」とどっちつかずな相槌をうちながら、歩きだす。桃果が成輝の後をついてくる足取りがいつもよりも弾んでいるようで、成輝は嬉しくなった。

「俺、テーマパーク行くの久しぶりなんだよね」

成輝が言うと、桃果が大袈裟に目を丸くする。

「そうなの？　友達と来たりしない？」

「うん。誘われたら行くくらいだから、誘われないと行かないな」

「じゃあ、もしかして成輝から行こうって言ってもらえたの珍しいんだ。なんか嬉しい」

桃果が無邪気に笑う様子に、成輝は苦笑した。

少し前に、成輝の家でテレビのテーマパーク特集を見ながら桃果が「久しぶりに行きたいな。そういえばライブ以外のデートしたことないよね」と言っていた。それを聞いて誘わないという選択肢は無く、成輝はまるで今自分で思いついたかのように「今度の休み行こうよ」と言ったのだった。

「だから今日ちょっと緊張してたよ」

「知らなかった。成輝って可愛いところあるんだね。私がちゃんと案内して楽しませてあげるから任せて」

満足げに口角をあげる桃果を見ながら、成輝は誘って良かったと思う。こういう時に見せる桃果の少し背伸びした表情が好きだった。

「ももってかわいいよな」

「急になに？」

からかわれたと思ったのか、桃果は軽く頬を膨らませて手のひらで成輝の肩を押す。その他愛もないやり取りが成輝にはまた可愛らしく映った。

「いや、別に」

「ねえ」

からかいを重ねるように成輝が言葉を重ねると、それに応えるように桃果も決められたやり取りに乗る。そのテンプレートのような恋人らしさに成輝は眩しいような気持ちになった。

成輝は口を開いた。

「桃果、ごめん。別れよう」

桃果の顔を見ることはできなかった。でも下を向くことは許されない気がして、不格好に前だけを向いた。

「理由を聞いてもいい？」

「わかんないんだけど、なんか、嫌いになったとかじゃなくて、好きなんだと思うんだけど、うまく言えないな」

「好きだけど別れたいって、正直よくわかんないよ」

「だよね。俺もそう思う」

沈黙が訪れた。桃果は何も言わない。成輝が何かを言うのを待っているようだった。

「ごめん。桃果にはもっと」

「もっと、成輝よりふさわしい人がいる？　そういう使い古された別れの言葉聞きたくないよ。ちゃんと成輝の言葉で説明して。私、怒ってるよ。正直別れ切り出されるのよくわかんないもん。いつも成輝って何も言ってくれない」

思わず成輝が横を見ると、桃果の目は爛々《らんらん》と輝いて成輝を見ていた。はじめて見る桃果の表情に、そういえば大きな喧嘩もしたことがなかったなと思う。目が合ってしまい、耐え切れずに逸らす。

言葉にすることが苦手だった。何を考えているかわからないと言われても、正直何も考えていない時の方が多かったから、曖昧に誤魔化していた。言語化することも苦手でなるべく言葉にしないでいたかった。

しかし桃果は、逃がす気はないようで、成輝の言葉をじっと待っている。

「うまく言えないんだ」

「いいよ。聞く。私って実は話すより聞く方が得意なんだよ」

そっか、と成輝が言うと、そうだよ、と桃果も言った。

深呼吸をしてから、成輝は話し出す。

「なんか、桃果が就職決まって、それからどんどん違う世界に行っちゃう気がして、それが不安だった。サークルとかバイトとか大学とか、桃果の見ている世界に俺はいなくて、それにも、女々《めめ》しいけど嫉妬した」

「うん」

「本当は、桃果が俺と別れたがってるんだと思った。だからあんまり会う時間とかないんだって思って、桃果は嫉妬とかもしない気もして。だから今日はなんか、本当は桃果と別れたくなくてご飯誘ったんだけど」

桃果が薄く笑う気配がした。

「でも、桃果に別れ話をしに来たんでしょって言われて、なんか納得しちゃって、俺別れたかったんだなって思ったから、なんかまだわかんない。ごめん」

成輝が言い終えると、桃果は何も言わなかった。

ベンチの周りにはもう人は全然いなくて、本当に世界の中に二人きりになったような気がした。夏の生ぬるい風が頬を撫でる。汗ばんだこめかみが冷やされて、少し涼しい。

「なんて言えばいいんだろう。本当に自分勝手だなって思ってるし、できることなら成輝のことをめちゃめちゃ傷つけたい気持ちでいっぱいだよ。別に私嫉妬しないとかじゃないし、ほんと、なんだろ。わかんない。ずるい」

桃果が言葉を切った。成輝が横目で桃果を見ると、桃果は両手の爪をいじりながら斜め下を向いていた。

「なんか、もう、自分が言葉にしないで勝手に拗ねて、自分に酔ってるだけじゃん。こんな風に怒ってるのすらも悔しい。別れたいって思ってくれて良かった」

抑えてはいるものの、声がいつもよりも高くなっている。一度ゆっくりと呼吸をしてから桃果が立ち上がって、成輝の方を向いた。

「私、あなたの不幸も幸福も祈らない。じゃあね。さよなら。夜ご飯、ごちそうさまでした」

就活で鍛えられた完璧な礼を最後に披露して、桃果は駅の方に歩いて行った。伸びた背中は綺麗で、桃果も無理をしているのだろうと思った。

去っていく桃果につられて成輝も立ち上がった。喪失感と罪悪感と、やらかしてしまったという思いで成輝の胸の中がぐるぐると渦巻いている。今すぐ追いかけて腕をつかんで謝れば、許してもらえるのだろうか。許してもらったとして、これから自分には何ができるだろう。本当に、許してもらいたいのだろうか。

成輝の身体は動かない。

そうして立ちつくしているうちに、桃果の姿はいなくなり、夜の沈黙した景色だけが残されていた。

EPISODE 2

智世

朝起きて、隣で眠る男の顔を見て、今日も一日が始まるんだな、と思うのが智世《ちせ》の毎朝のルーティンだった。この奇妙なルーティンは隣で眠る男と同棲を始めたばかりの時にわくわくした気持ちで行っていたが、今は惰性で続いているだけのものだ。基本的に智世の方が朝は早いため、うっかり毎日できてしまい、やめるタイミングがつかめないでいる。

洗面台の鏡の前に立ち、メイク前の自分の顔を見る。肌荒れはしにくい代わりにほんの少し地黒な肌は、智世にとっては可もなく不可もない。色白でつるりとした人形のような肌に憧れはあるが、そんなものいまどき加工でいくらでも作れることを知っている。現実はこんなものよね、と自分に言い聞かせるように、クッションファンデを顔にぺたぺたと塗っていった。

「智世、でかけるの？」

リビングから聞こえる男の声に、もう起きたんだ、と思った。

「うん。大学の友達に会う。言わなかったっけ」

「聞いたかも。コーヒーいる？」

「のむ」

男の名前は滉大《こうだい》という。

コーヒーが好きで、本人に聞いたことはないがおそらく猫派だと予想している。出会って二年、同棲を始めて一年半経つのにそんな程度のことしか知らない。きっと滉大に智世のことを聞いたとしても、そんなレベルのことしか返って来ないだろうという確信に近い予想を持っていた。

朝の支度を終え、二人でテーブルを囲む。小さめの丸いテーブルは同棲するとなった時に智世が選んだものだった。滉大の淹《い》れたコーヒーで作ったカフェオレを飲みながらぼんやりと朝の時間を過ごすのは久しぶりで、ほんの少しだけ嬉しい。

「今日は昨日買ってきた深煎りの豆を使ってみたんだ。智世はミルク入れるから深煎りの方が好きだったよね。知り合いの人がこの店教えてくれて、昨日仕事の休憩中に行ってきたんだけど、美味しいと思ったんだ。智世はどう?」

もっとも、ぼんやりとしているのは智世だけで、滉大は起きた瞬間から元気だ。三つ上とは思えない無邪気さでいきいきとコーヒーの解説をしている。

「コーヒーの味の違いはあんまりわかんないけど、無脂肪乳買ってきたでしょ」

「あ、ばれた。安かったから」

「味違うんだもん。コーヒーの違いわかるのになんでそこ気にしないの」

悪びれずにニコニコとしている滉大を見て、吐きかけたため息を途中でとめる。ため息がもったいない。

「無脂肪乳の方は俺が飲むから、牛乳あとで買ってくるね」

「また間違えそうだから私が帰りに買ってくる。今日夕飯どうしようか」

スマホで時間を確認しながら尋ねる。家を出る時間まではまだ少しあり、持っていく鞄の中に入っているハンドクリームを取り出して手のひらにだした。

「俺作る?」

「今日お昼多分パスタなんだよね」

「あー」

だらだらとした会話は心地よい。夕食が決まらなかったとしてもそこまで困らないからか、二人とも妙にのんびりとした会話になっていた。

「滉大がパスタ以外も作れたらよかったのに」

口調に少し不満を滲ませながら言うと、困ったように滉大が笑う。

「まあ、ウーバーもあるから」

「そうだね。私もあんまり料理できないから人のこと言えない」

料理をすることは嫌いでもないが好きでもない。そのことは滉大に出会った時に宣言していた。料理自体が苦手なわけではないが、美味しいものは外で食べたらいい。家のご飯なんて野菜をゆでて塩で食べたらそれで十分だと思っていた。滉大も自炊はしないらしいが、大学の同級生の女の子が「女の子ってみんなパスタ好きだよねえ」と言っていたのを真に受けて、パスタだけは何種類か作れるようになったらしい。それが元カノかどうかは聞いたことがないため知らない。

「何時に解散かわかんないけど、長くなりそうなら遅くても五時には連絡するね」

「わかった。行ってらっしゃい」

「行ってきまーす」

スマホで時間を確認しながら立ち上がり、家を出る支度をする。スマホと財布とメイクポーチの入ったいつもより小さめの鞄を肩にかけ、慌ただしく玄関を出た。律儀に見送る滉大が家の鍵を閉める音が後ろで聞こえる。

心の中でもう一度行ってきますと呟いた。

冴と会うのは大学の卒業式以来だった。

このまま縁が切れていくのかもしれないなと思っていたところに、急に冴から個人的に連絡が来て驚いて、混乱してやたらハイテンションな返信をした。落ち着いて考えると少し恥ずかしく、送信取り消しにしたい気持ちを抑えながら冴からの返信を待つと、冴も同じようなテンションで返してくれたため、嬉しかった。

冴とは、同じ学部の人というくくりの中では比較的仲が良い方だったが、いつメンと呼ばれるような存在の中でも特に四六時中一緒にいるような関係ではなかった。確かに同じ学科だが、専攻は違っていたため、授業が被《かぶ》ることはあまりなかった。授業でも学外でも会うことはあまりない程度の関係性。強いて共通点を言えば、現在の業種が被っていることだろうか。

久しぶりに会った冴は少し痩せたように見える。それでも目が合うとにこやかに笑う顔は学生時代と変わらない。

「冴、最近どうなの」

「どうって?」

「彼氏とか結婚とか」

昼食を食べた後に入ったカフェでアイスカフェラテを飲みながら尋ねた。先週中学の友人がプロポーズされていたため、冴ももうそろそろだろうなという予感があった。急に呼び出されたのも結婚式についての話ではないだろうか。

もう結婚してたらどうしよう、と急にどきどきし始めてしまった勢いで二口ほど飲んだカフェラテに、ブラジルの中深煎りかな、と脳内で勝手にコーヒー豆の予想をする。滉大がいなければ正解はわからないのに、友達との時間にまで滉大といる日々が侵食してきている気がして、複雑な気持ちになる。人の彼氏の話を聞く時にも自分の彼氏のことを思い出すなんて、夢中なんだな、と他人事《ひとごと》のように思った。私にとっての私とは当たり前に当事者なのに、と思うと少しおかしくなって、智世はこっそり笑った。

大学生のころから時々聞いていた冴の彼氏は、真面目が取り柄です、みたいな顔をしていた。学部は同じだったがそんなに話したことはなく、あの人が冴の彼氏だということも、フットサルサークルに入っていることも何もかもが意外で面白いなと思っていた。

それから、彼が冴のことが大好きなのはすごく伝わってきたけれど、実は冴の方が好きなんだろうなと思ったことを覚えている。

「あ、伸のこと？　別れちゃった」

大きな声が出そうになって、慌てて口元に手をやった。そんな智世を見て冴はふふっと笑った。

「いつ？」

「んー、春くらいかな」

「どっちから」

「伸」

「なんで」

「ちょっと待って、落ち着いて。そんなに面白い話でもないんだけど、話すから」

冴は笑っていたけれど、同じくらい困った顔をしていて、私はそれを懐かしいと思った。大学で彼氏の話をする時にいつもしていた顔。

「なんかね、疲れちゃったんだって」

冴が言うには、伸は自分の思いがいつまでも一方通行な気がしてしまって耐えられなくなったらしい。

「甘えてんね」

「そう思う。最低だよねぇ。ずっと伝わってないなって気はしていたんだけどここまで伝わってないと思わなかったよねぇ」

そう言った冴はもう晴れやかに笑っていて、さっき見たあの顔は幻だったのかもしれないという気がしてくる。

「なんか、さっき一瞬まだ冴は伸くんのこと好きなのかと思った」

思い切って言ってみると、冴は首をかしげた。

「えー、もう好きじゃないよ。いや、確かに悲しかったけど、もうどうでもいいかなー。別れた男ってもれなくキモいっていうけど、本当だよね」

「えーうそ。私元カレのことそんなにキモくないよ」

女子会の雰囲気になったテーブルに、狙ったようにセットのデザートが置かれる。ベイクドチーズケーキにブルーベリーソースと生クリームが添えられている。そういえば冴はチーズケーキが好きだったと、思い出した。大学の休み時間にコンビニで買ってきたのであろうチーズケーキを一人で食べる冴を見かけたことがある。テーブルの向かいにはカメラが置かれていた。それは何気ない普通の光景のはずなのに、なぜか声をかけてはいけないような気がした。その瞬間理由もなく、冴はチーズケーキが好きなんだと確信を持って思ったのだった。

「冴ってチーズケーキ好きだよね。メニューにチーズケーキあって良かったね」

「あれ、私好きって言ったことあるっけ」

「よくチーズのもの頼んでたし、チーズケーキとかも食べてたよね。すごい覚えてる」

そう言うと恥ずかしそうに冴は笑った。バレてたんだ、と言いながらスマホでチーズケーキの写真を撮る冴は、あどけない表情をしていて可愛いと思う。

「あのね、私写真サークルに入ってたんだけど、人物は撮るの比較的上手だったんだけど、物が苦手でさ。サークルの人に好きなものを撮れば上手《うま》くなるって言われて、毎週色んなチーズケーキ買って撮ってたの。まあでもあんまり上手くならなかったけど」

ネタばらしを聞けば、あまりにも簡単なものだった。あの真剣で、張り詰めた表情は上手くなりたいという思いによるものなのだろう。思ったよりも、まっすぐな子なんだよね、と微妙な距離感のことを思う。

「チーズケーキは撮るの難しそう。ビジュアルよりも味に全振りしてそうな感じ」

「美味しいもんね。でもほんと難しい」

スマホで冴が撮った写真は、智世にはとても綺麗に見える。それでも冴は微妙な顔をしながらスマホを閉じた。でもケーキは味が一番大切だから、と言い訳めいた言葉を小さな声で口にしていたのが哀しい響きをもって智世の耳に届く。

「でもさ、伸くんと長く付き合ってて結婚って話は出なかったんだ」

「私は正直ちょっと考えてたよ。あるかなーって。伸は公務員だし私も銀行員で、二人とも安定した仕事だし、勤務地もそれなりに近いしさ」

冴がおかしそうに言って、吐息だけで笑った。

「やっぱり？　なんか、正直冴のことを伸くんが手放すと思えなくて……愛されてたもんね」

愛がすべてだとは思わないが、愛されていると実感させてくれるというのは大切なことだと思っている。好きな人に好きと言われるのは嬉しいものだから。

「そうだね。まあでも私からの愛を受け取ってなかったんだから、伸の愛って自己中心的な愛だったんだろうなあって思ってるし、でも同じくらい私ももう少し何かするべきだったかなと反省もしちゃう」

冴の言葉は誠実に響いた。客観視しているような言い方で主観的な言葉を口にすると、それはどこか物語めいて聞こえるなと思う。そうだねえ、と意味のない相槌をうっていると冴は眉を少し上げる。

「ていうか、智世はどうなの？　結婚考えてるとか？」

「いや、結婚とかまでは、まだ、そんな」

しどろもどろな応答になる智世に、冴は今度こそ声をあげて笑った。

「すごい考えている人の反応じゃん、それ」

うーと言いながら智世は言い訳のように説明をする。

「なんかさ、彼氏が全然そんな感じじゃないんだよね。私たち一応アラサーじゃん。三十歳までに結婚するなら、そろそろ覚悟を決める時期だと思うのね。だって別れて探して確かめてってするとしたら、別れるなら今年か来年なんだよ。というかどうせ別れるなら早い方がいい」

残りの年月を指折り数えると、冴は首をかしげた。

「三十歳までに結婚しないとダメ？」

「子ども欲しいから。可能性として不妊治療とか高齢出産とか考えると若い方がいいかなって思うんだよね。お金もかかるし年々体力は落ちるし、若さは大事だし」

「子どもは、うん。大変だ」

きっと冴は子どもには興味がないのだろう。どこか他人事のように頷くと、水をひとくち飲んだ。いつのまにかチーズケーキは食べ終えていた。

「私の彼氏、ほんとよくわかんないんだよね」

「どんな人？」

「フリーランスでIT系の仕事をしてて、コーヒーが好きで、あと多分猫好きそう」

「なんかフィール・ヤングに出てきそうだね」

冴の言葉に吹きだした。

「わかる。めっちゃわかる。まあ、顔はフィーヤン系というよりは別冊マーガレットって感じするかな」

滉大とはマッチングアプリで知り合った。友人に勧められて入れたアプリの指示に従って色々といじっているとすぐにいいねがたくさん来る。マッチングアプリなのだから当たり前だが、個人情報がどんどん押し寄せてきて智世はくらくらした。その中で、滉大のプロフィールはいたってシンプルだった。面白味が無いともいうが、そこが良いと思った。消去法に近い理由で試しに滉大にメッセージを送ってみると、少し経って返信が来た。

——こんばんは。連絡ありがとうございます。

あっさりとした文章も好印象だった。この後は何も進展しない可能性もありそうなメッセージに、いいのかなと思いながら智世も返信する。

——こんばんは。コーヒー好きなんですか？

——仕事の時はいつも自分で淹れて飲んでいます。智世さんもコーヒー好きなんですか？

——好きです。

嘘を吐いた。ブラックコーヒーは飲めないし、味の違いもよくわからない。それでも何か話題のきっかけになればと思っただけだった。

——もしよかったら今度コーヒー飲みに行きませんか？

だから会話が盛り上がり、あれよあれよという間に約束してしまった時には心の底から後悔をした。もう少し取り繕いやすい嘘を吐くべきだった、と思ってももう遅い。

滉大に連れてこられたのは大きな駅から少し歩いたところにあるカフェだった。

遠山《とおやま》智世さんですか、と言いながら近づいてきた滉大はゆるりとしたパーカーにシンプルなパンツで、童顔なのも相まって大学生みたいだなと思った。それでも「行きましょうか」とさりげなく促しながら車道側を歩かせないところとか、エスカレーターで上る時には智世が上になるようにしてくれるところとかが、きちんとエスコートをしてくれているのだなと感じられる。敬語の口調も柔らかで好ましかった。

「あの、ひとつ謝らなきゃいけないことがあって」

土曜日のカフェはそこそこ混んでいて、人のざわめきで埋め尽くされていた。それが初対面の緊張感をほどよく溶かし、奥のソファ席に座った智世の口から言葉はすんなりと出た。

向かい側に座る滉大の表情はあまり変わらず、智世のことをただ見ていた。

「謝らなきゃいけないこと?」

「実は私、コーヒーに詳しくないし、カフェラテはたまに飲むんですけどブラック苦くて飲めないんです。すみません。嘘吐いてて」

事前にお店の名前を聞いた時に調べたが、ここは色々なコーヒー豆から選んで淹れてもらえるというのが売りの店のようだった。口コミもほとんどがブラックコーヒーを飲んでいて、流石にこれは誤魔化せそうにないと腹をくくって来た。

「ああ、なんだ。全然気にしなくていいですよ。コーヒー以外もメニューあるんで好きなの頼んでください」

滉大はそう言って、メニューを差し出した。あっけなく嘘を許されて、ほっとしたというよりもこの人はどんなつもりで私と会っているんだろうと智世は思う。言葉を聞けば優しいが、滲む感情は驚くほどにどうでもよさそうだった。脈がある、ない以前に、単純に人として興味を持たれていない、のだろうか。

この人と会うのは今日が最後だろうなと、もう二度と会わない人との出会いを祝う気持ちで、チョコレートに近い風味らしいコーヒー豆で淹れたエスプレッソのカフェラテを頼んだ。滉大は智世のよく知らないどこかの産地の豆で淹れたホットコーヒーとケーキのセットを頼んでいた。

ケーキはアップルパイだった。パイの表面がつやつやと光り、横にはゆるく泡立てられたホイップが添えられている。断面には大きめに切られた薄い黄色のリンゴがごろごろ入っているのが見える。二つ前の元カレが、パイ生地のケーキは散らばるからと言って外では一切食べなかったのを思い出した。思い出してから、今思い出すのはあまり良くなかったと反省する。人の記憶は食べ物に結びついていていけない。

互いにいい年をした大人であれば、会話はそれなりに盛り上がる。高校生のころの部活動、大学生の時にしたアルバイトの話、仕事について。他にも、趣味や好きな食べ物、この間行った旅行先の話、行ってみたい場所。とりとめのない話ばかりでも、二人して笑っているだけで仲良くなれている雰囲気が出るのが不思議だ。

別れを惜しむほどではないが、早く帰りたいというほどでもない程度まで上がった関係値で、彼は自然に伝票を持ってレジに向かった。レジで店員さんの差し出したトレーに千円札を二枚置いているのを見ながら、この人は現金も持ち歩くんだなと思った。自分の長財布の中身を思い出す。使われない四枚のクレジットカードとたまに使うクレジットカードが一枚。一万円札は確か二枚入っていて、あとは千円札が六枚。硬貨はいくつあっただろうか。カフェラテ分の七百円くらいありそうだが、なければ別に千円出したって良い。

店の前で私がお財布を出して口を開く前に、滉大が口を開いた。

「でも、コーヒー好きって言ったってことは、俺のこといいなって思ってるって勘違いしてもいいですか」

この人ずるくてむかつくな、と智世は思った。こんなことを言われたら、こっちこそ自分に興味があるのではないかと勘違いをしてしまう。

そうして智世と滉大は次に会う約束をして駅で別れた。

カフェラテのお金はまだ財布の中にある。


冴と会った日、そのまま最寄駅で滉大と待ち合わせてラーメンを食べて帰った。智世は味噌ラーメンで、滉大は塩ラーメンにチャーシューと味玉をトッピングしていた。それなのに智世が食べきれなかったチャーシューを頬張りながら「味変されていいな」と笑っているところを見ると、どうしようもないくらいに愛おしさがこみ上げる。

その晩、ベッドの中でお昼も夜も麺だったなと思う。何も気にせずにラーメンを食べようと言った過去の滉大と、それにすぐ同意した自分に対して理不尽な怒りを覚えながら、塩ラーメンを食べる滉大は良かったな、と智世は思った。よく食べる人は見ていて気持ちが良い。智世は、あんなに食べても若干骨の浮いている滉大の背中を触りながら、眠りの海に引きずり込まれていった。

平日の朝。

智世はまた滉大の隣で目を覚ます。隣で健やかに布団の中におさまって眠る男の顔にはうっすらとひげが生えていて、脱毛すればいいのにと思った。そうすればもっとかっこいい。眠っている時の滉大はいつ見ても見知らぬ人のようで少し面白い。

「おはよ」

滉大に聞こえないように言って、布団から滑り出る。さあ今日も一日が始まる。

朝の支度を終え、智世が家を出るころに滉大は目を覚ます。行ってらっしゃい、と玄関で言ってくれる彼の声は朝らしく少しかすれている。言ったことは無いけれどその声が好きだった。

満員電車に乗って三十分ほどで、智世の職場に着く。

夏ほどではなくても人ごみはいつだって不快で、せめてもう少し空いていればいいのにと毎日懲りずに考えている。香水と制汗剤と汗のにおいの混じった電車内で智世はすべてどうでもいいというような顔をしながら、流行りの韓国アイドルのミュージックビデオを見ていた。後ろの人に覗かれたとしても印象に残らないものをチョイスしながら通勤するルーティンは、面倒なことに巻き込まれないための精一杯の自衛だった。

通勤が面倒なこと以外、今の職場の環境に不満はない。転職するならそろそろ考え始めた方が良いのだろうなと思いながら、今以上の職場に出会える確証もなくそのままにしていた。仕事の内容は自分に合っているとはいえないが、いつか異動になることを祈ればよいと楽観的に考えられる程度で、智世は、このままずっとここで働くのだろうなと思っている。

「遠山さん、おはよう。今日の分、お納めください」

隣の席に座る二つ上の先輩は、毎朝智世にリンドールをひとつ渡すことを趣味としている。触るとしゃりしゃり音がなる銀紙に包まれたコロンとしたリンドールは可愛らしく、殺風景な仕事用の机を彩る。

「ありがとうございます。今日は何味ですか」

「緑だから抹茶じゃないかしら」

智世が包みをぐるりと回しながら味のヒントを探すと、ピスタチオと書いてある。確かにピスタチオも緑だと思った。

この先輩がリンドールをくれるようになったのは半年ほど前のことだった。急にチョコレートアレルギーを発症したらしい先輩は、大好きなチョコレートを食べることができなくなった代わりに、チョコレートを買うことで食べられないストレスを解消することに決めたらしい。自分で味を選んで詰められるのが楽しいと、リンドールを買ってきては「ログインボーナスだと思ってもらえると嬉しい」と言い、智世の机に並べていた。はじめは戸惑っていた智世も、今では「明日は久しぶりにシーソルト食べたいです」とリクエストをするまでになった。リクエストを聞いてもらったことは無いけれど。

智世はもらったばかりのリンドールを半分かじった。ひとくちで食べるには大きすぎる丸いチョコレートに歯形がついて、ふとそろそろ歯医者に検診に行こうと思った。始業まではもう少しあり、隣でスマホを眺めている先輩を雑談に誘う。

「昨日、大学の友達と会ったんですけど」

先輩がスマホから目を離し、智世の方を向いた。

「大学のころから付き合ってた恋人と別れたらしくて、元カレってみんなキモいよねって言ってたのが少し面白かったんです」

「大学のころからっていうと長いね。社会人になってもそんなに続いてたんだ」

先輩の左手の薬指には指輪がある。シルバーに赤い石が埋め込まれている細い指輪。籍は入れていないが、恋人と一緒に住んでいるという噂を聞いたことがあった。

「結局方向性の違いで別れたらしいので、なにがあるかわからないものだなって思いました」

そうだ。結局冴と伸は愛情表現の方向性の違いでしかないのだと、帰り道に智世は思った。自分と感覚が大きく異なる相手を信用できなかったというのなら、仕方のないことなのだろう。

「まあ、バンドも方向性の違いで解散するんだから、恋愛なんてもっとだよね」

「逆じゃないんですか?」

「だって恋愛は生死に関わらないけど、音楽活動は生死に関わるから」

頭の中で整理してもまだ混乱している智世に、先輩は言葉を付け足す。

「仕事にしていたら当たり前に生死に関わるし、そうでなくとも音楽なんて表現のひとつでしょ。それって人生だと思ってるのよね。恋愛は、表現というより娯楽だもの」

わかったようなわからないような言葉に智世はまた首をかしげる。

「ちょっと難しかったです」

「そっか。籍を入れるとなると人生かかってくるからまた別だけど、私、恋愛にそんなに命かけたことないから、一般的じゃないのかしら」

先輩はそう言いながらスマホに目を落とした。先輩のスマホでは何かゲームのキャラが動きまわっている。LP消費というものなのだと前に言っていた。

「先輩って結婚してるんですか？」

「ううん。籍は入ってない。内縁の妻的なあれなの」

そう言いながら、先輩は指輪を右手の中指でするりと撫でた。その艶っぽい動きに、滉大もこんな風に指先が綺麗だったと思い出す。指先が綺麗だと、キーボードの上を軽やかに動きまわる様がかっこいい。

「結婚と恋愛って違うんですか？　結婚って恋愛の先にあるんじゃないんですか？」

智世が尋ねると、先輩はスマホの画面を閉じて目の前にあるパソコンに向き合いながら答えた。

「さあ。私、結婚してないし」

智世は、確かに、と言うよりほかはなかった。


滉大は変な時間に仕事をする。

例えばそれは智世がお風呂に入って寝る支度をしてからだらだらスマホを見ている時間だったり、智世がベッドに入ってさあ眠ろうという時間だったり、主に深夜に急に仕事スペースに行ってしまう。

「ねえ、仕事？　急ぎ？」

智世に「おやすみ」と告げて頭を撫でてからベッドを抜け出していく滉大に尋ねる。部屋を出て行こうとしていた滉大は一度戻ってきて、ベッドにもう一度腰かける。その姿を見て、智世はまた、滉大って知らない人みたいだなあと思った。

「急ぎじゃないけど、明日は朝から働きたくないし、準備しておく」

「すぐ帰ってくる？」

その智世の言葉に驚いたように滉大の目が見開かれた。

「行ってほしくないってこと？　智世、かわいい。可愛いね。なんで？」

なんで、に少しムッとしながら、滉大の服の袖をつかむ。

「だって今日寒いから」

「俺、湯たんぽ？　いいよ」

滉大がにこにこと笑みを浮かべながら布団に入ってくる。部屋の中はそんなに寒くなくて、布団を被ったら暑いくらいなのに何も言わずに智世にぴたりとくっついた。

本当は行ってほしくないというよりは、単純に気になっただけだったが、喜んでもらえているならば良いだろう。

「引き留めておいてごめんなんだけど、仕事大丈夫？」

その言葉に滉大が智世の体を引き寄せる。

じわじわと滉大に触れられた部分が熱くなるのがわかった。滉大からわかりやすく愛情を向けられることには慣れてきたが、それでもまだ照れが残っている。眠気と相まって頭がぼんやりとした。少しでも冷静になろうと、仕事のことを尋ねる。

「うん。別に明日二度寝しなければ全然大丈夫」

「二度寝？」

「いつもは智世が仕事行ってからちょっとだけしてるんだ」

智世は体を起こし、滉大の顔を見下ろした。そのまま顔を指先でなぞる。あご。頬。まぶた。まつ毛。鼻すじ。滉大はされるがままに目を閉じていたがくすぐったくなったのか薄く目を開けた。

「知らなかった。いつもわざわざ起きてくれてたの？」

最後に唇をなぞる。乾いていて、温かくも冷たくもなかった。

滉大が耐え切れずにふっと薄く声を出して笑った。

「ヘレン・ケラー？」

「正解。滉大はサリバン先生だよ」

両手で滉大の顔を挟む。

「智世は触って、ちゃんとここに俺がいるか確かめたの？」

滉大はじっとしたままだった。このまま首に手を掛けたら、命の危険だってある。随分と信頼されているんだと思い嬉しくなった。

「うん。滉大って面白いね。色んなこと教えてくれる。私、見送ってもらってることがこんなに愛だなんて知らなかった。見えてなかったかも」

言いながら智世は、もしかしたら滉大は智世よりも智世のことを信頼している存在なのかもしれないと思った。自分のことを、ここまで信頼できない。

智世はまた滉大の隣に寝転がった。

「朝はね、二度寝すればいいだけだから。見送った方が一緒に住んでるみたいでいいじゃん。本当は一緒に通勤とかしてみたかったけど」

「通勤はやめた方がいいよ」

「そうだね。俺も満員電車嫌で、最初の会社はフレックスのところにしたもん」

ぽつりぽつりと続いていく会話。それが心地よい。

まどろみが幕を開いて智世を迎え入れる準備を始める。次第に思考にもやがかかったようになり、滑舌が甘くなる。起きていようと懸命に目を開けてはいるがまぶたはどんどん重くなっていった。

「まだ寝たくない」

と言った声は滉大に届いたかどうかはわからない。返事が聞こえぬまま智世は眠りについた。

朝起きると、隣にはやはり男が眠っていて、その男は目を覚ます気配もなく寝息を立てている。智世は触れることなく視線で滉大の顔をなぞっていく。あご。頰。まぶた。まつ毛。鼻すじ。遠くから見ればつるりとして見える肌も、よく見たら毛穴があるんだな、と思う。ひげが生えるのだから当たり前ではあるのだけれども。そんなところもやっぱり面白かった。

夕食のあと。智世は食器を洗いながら、ふと、今日かもしれないと思った。何の記念日でもない、ただの一日。

「ねえ、滉大が言ってくれないなら私が言ってもいい？」

「何が？」

リビングのソファでスマホをいじる滉大の隣に座りながら智世は言った。

「私と結婚してください……って」

滉大の動きが止まった。

「え、結婚？」

「うん。別に断ってもいいんだけど、いや本当は良くないけど、でも仕方のないことだとは頭ではわかってるし。でも滉大が言いたかったらと思ったら一応聞いておこうかなって」

滉大は黙って考えている。智世は逃げ出したい気持ちを抑えながら、滉大の返事を待った。

「一回、考えてもいいかな」

控えめな滉大の声色に、智世は目を伏せる。泣きそうな気持ちで、それなのに涙は一滴も出ないような、そんな状態だった。

「もちろん。考えてくれたら嬉しい」

うん。滉大の返事に再びの沈黙が訪れる。もしこれがドラマだったらこのまま次のシーンに移ってくれるはずなのに、現実ではそんなことはない。気まずさに耐えきれないまま、それでもここで部屋を出て行ってしまえばまるで喧嘩しているような雰囲気になってしまうと思い智世はなにか話題を探した。正しい言葉があまりにも見つからず、何か言ってくれてもいいじゃん、と滉大に対して八つ当たりのようなことを思う。頭の中をぐるぐると動かしながら智世は滉大の隣で体育座りをして、時が流れるのをじっと待った。

ちらりと隣を見ると、滉大はさっきと同じ顔をしながらスマホを眺め続けている。

「滉大って」

思い切って口を開いた。押し出したような言葉はありきたりな始まりで、それなりに切実な色が滲んでしまって焦る。

「ん？」

滉大は想像の二十三倍くらい優しい声をしていた。

「猫派？」

唐突な言葉に滉大は面食らっていた、と思う。けれど今の智世が滉大に聞けることはこれしかなく、そして言った瞬間からこの質問が正解のような気がしていた。

「動画で見るのは猫かもな。でも俺、多分犬派だよ。実家で犬飼ってたし」

「犬飼ってたの？　知らなかった」

「言ってないっけ。ゴールデンレトリバーの男の子。俺が高校生のころに死んじゃったんだけど、可愛かったよ」

写真あるかな、とスマホの画像をさかのぼる滉大に、智世はこの人が結婚してくれなくてもこの人が好きだなあと思った。

「すぐ見つからないかも。年末か年始で実家帰った時に写真探すわ。あ、弟に言えば送ってもらえるかも」

そう言いながら、滉大は探すのをやめない。

「いいよ、ありがと。思い出した時でいいから」

「でも智世犬好きじゃん」

驚いて、智世は動きが止まった。犬が好きなこと、いつか犬を飼いたいこと、直接誰かに言ったことは無かった。

「知ってたんだ」

「あれ、アプリのプロフィールに書いてたよね。……あのさ、結婚とかあんまり考えてなかったから傷つけてたらごめん。ちゃんと考えるから、待っててもらってもいい？　智世のことは好きだし、愛してるんだけど、結婚って言葉にびっくりしただけだから」

滉大はそう言うと、智世の手を握り、その甲に口付ける。こういうところはフィール・ヤングというより花とゆめだな、と智世は思いながら「長くなるようだったら、途中経過が欲しい」と言った。滉大が笑う。手の甲に息がかかってくすぐったかった。

明日デートしよう、と滉大が言ったのは土曜日の夜だった。プロポーズ紛いのことをしてからしばらくなにも変わらぬ日常を過ごしていたため、スマホを見ていた滉大の急な発言に智世はびっくりして思わず本気で「え？」と聞き返す。

「これ、行きたい」

滉大が示したのは、インスタグラムの『絶対行きたいオススメデートスポット』などと書かれた投稿で、国立科学博物館の写真が載せられていた。

「高校生のころに行ったことある」

「楽しい？」

「多分楽しかった気がする」

「行きたい」

子どものように「行きたいね」「楽しそうだね」と言い募る滉大に、智世は笑いながら「いいよ、行こうか」と言った。

日曜日の国立科学博物館は混んでいる。家族連れも多く、小さな子どもたちがはしゃいで走り回っているのを保護者が慌てて追いかけては捕まえているのが微笑ましい。

大変だろうなと思いながらも、隣にいる二十八歳の成人男性がずっとそわそわしながら「どこから行こうか」「何が見たい？」と言っているのを見ると、年端もいかない子どもならば走り出したくなるのも当然だろうと智世は思った。

「地球館の下から行かない？　宇宙のところ」

滉大がフロアマップを見ながら言う。行く途中の電車の中で、滉大はずっとインターネットで調べていた。隣でスマホをいじり続ける滉大に、智世は少しイラッとしたものの、画面がちらりと見えるたびに『国立科学博物館　効率の良い回り方』『科博初心者』などの検索画面で、これは仕方ないか、と何度もイラッとしたことを申し訳なく思った。

智世は理科が苦手だ。宇宙に関することなんて、昔ニュースで見た日本人の宇宙飛行士がいる程度の話しか知らない。だから展示物を眺めていてもよくわからない。なんとなく感心しているように「ふうん」と言いながら滉大に付いて行った。

「俺さ、子どものころ宇宙飛行士になりたかったんだよね」

なんだかよくわからない宇宙のものを楽しそうに眺めながら、滉大はぽつりと言った。智世は展示物ではなく、滉大の顔を見る。言葉は淡々としているが、表情は楽しそうで安心する。

「そうなんだ」

「理科好きでさ、よくプラネタリウムとかも連れてってもらってた」

知らない話だった。今の滉大と宇宙飛行士が結びつかず、少し意外に思うが、子どものころの夢をかなえられる人の方が少ないのだから、今の印象と違うのは当たり前かもしれないと思い直した。

「知らなかった」

「中学の卒業文集にも将来の夢で書いた気がする」

「結構長い間なりたかったんだ。意外かも」

「まあ、他にそれっぽいもの思いつかなかっただけかもしれないけど。智世は何になりたかった？」

問われて、智世は言葉に詰まる。子どものころの将来の夢を覚えていないわけではない。智世の子どものころの夢はお嫁さんだった。けれどそんなことこの状況で言えるはずもなくて、それ以外の答えを記憶の奥深くから引っ張り出した。

「なりたい職業だと、中学の時は国会議員か総理大臣になりたかったかもしれない」

滉大が笑った。

「珍しいね？　なんで？」

「……権力が欲しくて」

智世が渋々言うと、滉大は一拍置いたのち、ふっと吹きだした。智世は不機嫌そうな顔を作ってから「うるさい」と言った。

「いいじゃん、権力。なんでなるのやめたの？」

「政治家のもつ権力とその責任が大きすぎることに気づいたから」

「智世って真面目だよね」

まだほんのり笑いの残る声色で滉大は言った。

「どうかな。シンプルになりたくてもなれるものでもないし」

話しながら、どんどん博物館の中を見ていく。剝製や恐竜の骨が置いてあるコーナーでは、人ごみの中でスムーズとはいかないまでも、思ったよりさくさくと進んでいく滉大に意外に思う。

智世は気になったものはじっくり見たいタイプだ。時間をかけて眺めて、想像をしたい。そのものが何かは知らなくても、想像するだけでわくわくする。大きな恐竜が草原を走り回る様を想像する。大きな音。揺れる地面。もしもそこに滉大がいたら、きっとひとくちで食べられてしまう。胃の中は暗いだろう。その中で肉が溶かされ、骨が溶かされる。それを目の前で見ている人はどんな風に叫ぶのだろうか。

考えているうちにやはり滉大はどんどん進んでいく。

「ねえ、ちょっと早くない？　先に見たいところあるの？」

思わず袖をつかんで、智世が尋ねると、滉大は気まずげな顔をした。

「ごめん。見たいのあった？」

「そうじゃないけど、早くない？」

隣を高校生くらいのカップルが通り過ぎていく。二人で並んで手をつなぎながら、ぎこちなく会話をしているのが微かに聞こえた。「すごいね」「ね」「二人で来られて良かった」「うん」。初デートかな、と智世は思う。初デートが国立科学博物館というのはなかなか真面目そうだな、と思いながら、目の前の男の返事を待った。

「俺さ、剥製とか骨とか、こわいかも」

滉大はへらっと笑う。智世が滉大の手をつかむと、手のひらは温かいが指先は冷たくなっていた。智世はどうせなら、と滉大の手のひらに自分の手のひらを合わせて、指を絡ませる。

「待って、俺今、手汗」

手を引こうとする滉大を強引に引き留める。

「もう手つないじゃったし。ていうかこわいとかはもっと早くに言いなよ」

照れ隠しのように滉大が笑って誤魔化そうとするのを見て、智世は呆れてつないだ手にギュッと力を入れた。

「ごめん。俺が来たいって言ったからと思って」

「いいよ。じゃあ、滉大がもっと楽しめるところ行けばいいよ。私、どこでも楽しめるし」

ありがとう、と言いながら、滉大も手に少し力を入れる。なんだか智世はそのつないだ手を子どものようにぶんぶんと振りたくなった。

地球館を出て、日本館をまわる。

エスカレーターで上がった先にある化石という表示を見た瞬間、嬉しそうに「化石だよ」と駆け寄ろうとする滉大に、智世が安心して手を離そうと力を緩めると、滉大はがさっきよりも強く手に力を込めた。智世が強めに一回つないだ手を振ると、滉大は智世を見て眉を下げた。

「だめ?」

「もういいでしょ。手疲れた」

確信犯の笑みに、智世は強引に手をほどいて滉大の背中を押す。

肩をすくめながら化石に向かってさっきよりも弾んだ足取りで歩いていく滉大の隣を小さな男の子が、わあと大きな声をあげながら走って抜き去っていく。つられて少し歩く速度が速くなる滉大に智世はふふ、と笑った。


上野駅からの帰りの電車の中、滉大はどこか上の空だった。智世が話しかけても、この会話は嚙み合っているのかいないのか、微妙な相槌しか返って来ない。遊び疲れているのか、本当に子どもみたいだなと思う。智世は最寄駅に着く少し前あたりから話しかけるのを諦めて、駅からの道は滉大の隣でぼんやりとしながら歩いた。

「智世って、子ども欲しいと思ってる?」

急な質問に、滉大はずっとこれを聞きたくて、上の空だったのだろうと気がついた。滉大が結婚について、智世が想像していたより真剣に考えているのだと思うと、智世の心に緊張と喜びがないまぜになったような感情が広がる。

「うん、欲しいと思ってる。滉大は子ども苦手?」

「わかんない。弟のことは可愛がってた記憶あるけど、今は仕事ばっかりで自信ない」

滉大は智世の目をまっすぐ見つめている。智世はこらえきれなくなり、目線を少し下げた。

「私も自信なんてないけど、でも、まだ先かもしれないって思っている間に産めなくなるかもしれないっていうのは怖いよ」

そうか。滉大がかみしめるように言った。智世は何も言わない。滉大はしばらくじっと考えてから、急にこれが会話の途中だったことを思い出したように口を開く。

「急に聞いてごめん」

「大事なことだから、そういうこと聞いてくれるの嬉しい」

そう言って智世は滉大の腕に自分の腕を絡めた。ぴったりとくっついた腕からは洋服越しに互いの体温が伝わり温かい。接している面以外の寒さに、秋ももう終わりか、と智世は思った。

智世が職場に着くと、先輩はもう来て仕事をしていた。挨拶をしたけれど返事はなく、よく見ると耳にはイヤホンがささっている。白いイヤホンからは微かにじゃかじゃかという音が漏れているものの、曲まではわからない。リズミカルにキーボードをたたく音と漏れ出ている音がよく合っていて、会社の中というよりもカフェで聞こえる音に近い。ふと、先輩がどんな曲を聴くのかなにも知らないなと思った。

「あ、おはよ」

パソコンを立ち上げて、仕事の準備をしていると先輩が一段落ついたようでイヤホンを外して智世に声をかける。そのまま引き出しを開けていちばん手前にある黒いリンドールをひとつ取り出した。その黒いリンドールはコロンとしているが、光沢があって他の色よりも高級感があるように見える。智世は手のひらに載せたままかるくゆらした。

「ありがとうございます。黒珍しいですね」

そう？　と言いながら先輩は引き出しの中をまた探す。

「ビター苦手？　それなら他のでもいいけど」

「いえ、大丈夫です」

かじるといつもの甘いリンドールよりもほろ苦さが舌に伝わる。苦みの中に少し酸味も感じ、なんだかコーヒーみたいだと思う。

家でコーヒーを淹れてもらう時、いつも滉大はどこの豆で、煎り具合はどれくらいかまできちんと教えてくれる。それだけでなく、特徴まで説明してくれるので、言われた通りにそのコーヒーから風味を探すことができる。

智世はあまり味の違いを探すのが得意ではない。味が違うことがわかっても、それがどんな風に違うのか、言われてからでないとうまく感じ取ることができない。はじめは豆のことだけ説明していた滉大だったが、それを智世が言うと、特徴を先に言ってくれるようになった。

別に智世が自分で感じたことが正解でいいと思うんだけどね、と言いながら、「花っぽい感じの酸味があるから探してみて」「チョコっぽいかもしれない。カフェオレに合うんじゃないかなって思ってるんだけどどうかな」などといつも説明している様は、バリスタのようでかっこいいと思う。

「リンドールって甘いからコーヒーにも合うよね」

先輩の言葉に、今考えていたことがすべて口に出ていたかと思って一瞬焦る。そんな焦りに気づいていないかのように、先輩は続けた。

「遠山さん、コーヒー好きでしょ。淹れてくればいいのに、っていつも思っていたのよね」

「私がコーヒー好きですか？」

「あれ、違った？　外で買ってきたコーヒーのこと、いつも、どこの豆かとかどんな味がするかとか説明してくれるじゃない」

先輩に言われたことに智世は自分の顔が真っ赤になっていくのがわかった。冬の訪れを感じたばかりなのに熱い。耐え切れずに手で扇ぐ。

「そうですかね。無意識でした」

穴があったら入りたい、と思う。入ってそのままもっと深くまで掘り進めて埋まって、もう出ていきたくないくらいには恥ずかしい、と思った。

「ああ、恋人の影響？　若いわね」

「はい……いや、そんなこと言って先輩二つしか変わらないじゃないですか」

智世が反論すると、先輩は楽しそうに笑った。

知らないうちに影響を受けているというのは、あまりにも身に覚えがあることだった。滉大と付き合うきっかけはコーヒーであり、滉大に淹れてもらったコーヒーを飲みながらいつももう少し味の違いがわかるようになりたいと思っている。彼の見ている世界を見てみたかった。

「でも影響を受けて知識が増えるなんていいじゃない。誰にでも真似できることじゃないわ」

先輩の言葉に、そうですかねえ、と返す。

「人の好きなものを理解するのは歩み寄りだもの」

そう言った先輩の顔は凛《りん》としていて強かった。この人も歩み寄ったり歩み寄られたりしたことがあるのだろうかと思った。

「まあ、それに若いころは恋人の影響なんて受けられるうちに受けておいた方がいいでしょ」

いたずらっぽく笑って付け足した先輩に、この人は今私のことをからかっているな、と智世は思う。

「じゃあ先輩はなにか影響受けてるんですか？　そんなこと言うなら教えてください

よ」

反撃する気持ちで思いきり顔をしかめて言うと、先輩は冷静に「しわになるわよ」と言いながら、さっきまでしていた白いイヤホンを差し出した。

「え？」

「人の使いたくなかったら浮かせてもいいから耳に近づけてごらん。私の受けた影響はこれ」

おそるおそる耳にイヤホンをさすと、耳の中に大音量の音楽が流れ込んできた。

「うわ、え、なんですかこれ」

耳の中の音につられて声が大きくなる智世に、先輩はシーッというジェスチャーをしてからすんとした顔で答えた。

「ロックの一種ね。いわゆるヘヴィメタルかしら。もともとヒップホップくらいしか聴かなかったんだけど、恋人の影響でハマっちゃって気がついたら好きになっていたわ」

あーなるほど、と何も理解していないにもかかわらずなんとなく理解している雰囲気の音を出しながら、智世はさりげなくイヤホンを返した。もういいの？　と言いながら真面目な顔をして受け取った先輩がこらえきれず吹きだしたところで、本格的に先輩にからかわれていたことを知る。

「ちょっと、もしかしてうそなんですか?」

「ごめん。まさか本当に信じるとは思わなくて」

涙を流さんばかりに笑う先輩もレアだなと思いながら、智世はさっきよりもしかめた顔になる。

「本当に意外過ぎてびっくりしたんですからね」

「ほら、お詫びにもうひとつリンドールあげるから、昼休みにコーヒーでも買ってきて食べたらいいわ」

「私のこと子どもだと思ってますね?」

さあね、と言いながら先輩はまた仕事に戻っていった。繁忙期ではなくとも仕事はそこそこ溜まっている。

「私もやりまーす」

智世はひとりごとと会話の中間くらいの音量で言った。隣で先輩が笑う気配がした。

「智世、話があるんだけど、してもいい？」

夕食後に滉大に言われて、智世の心臓がひゅっと鳴った気がした。

いつだって話が進むのは夕食後だな、と社会人なのだから当たり前のことを考えて気を紛らわす。

「うん。ちょっと待って」

隣の家にまで聞こえてしまいそうなほどに鳴り響く心臓のあたりを押さえながら智世は滉大の隣に座った。人一人分の重みでソファがぐっと沈み込む。体育座りをしたいのをこらえて、自然に見えるように背もたれに背中を付けた。

「俺、結婚ってよくわからなかったんだよね。一緒にいるだけじゃダメかなとか思ったし、智世に名字変えさせるのも申し訳ないけど、俺も変えるのめんどくさいなって思ってたし」

あまりにもまっすぐな物言いに智世は眉を少し上げる。滉大はそのことに気がつかずに言葉を続けた。

「子どものこともそんなに考えてなくて、智世に言われてはじめて考えたんだ。智世がこんなに考えてくれるっていうのが嬉しかった」

その言葉に智世はうつむく。滉大は言葉を続けた。

「智世が俺との子どもが欲しいって思ってくれてるのは嬉しいし、それなら俺もちゃんとしたいって思ってて」

「ごめん」

滉大の言葉を遮るように智世が言う。滉大は戸惑ったように口をつぐんだ。

「ごめんって？」

「子ども欲しいって、思ったことあるけど、でもいちばんはそうじゃない」

智世は自分の声が微かに震えているのがわかった。滉大に対して、謝ってばかりだなと思う。今回は嘘はついていないけど。滉大の勝手な勘違いだけど。

「喪主に、なりたいの」

「喪主？」

滉大が繰り返す。

智世は意を決して続けた。

「私はね、滉大の喪主になりたいんだ。一緒に生きてきたあなたの骨を見たいの。私が骨を連れて帰って、そしてお墓に埋めに行きたい。その資格が欲しい」

「俺が先に死ぬの？」

「そうだよ。滉大、骨苦手でしょ」

滉大が「そっか」と言った。智世は「そうだよ」と返す。部屋には沈黙が訪れた。

壁に掛けられた時計の秒針の音が二人の耳にはっきりと響いて、何かのカウントダウンのようだった。

智世は何かを言おうとして口を開くが、言葉は出てこない。深く息を吐いてまた口を閉じる。ちらりと滉大を窺うと、何かをじっと考えているようで、智世は祈るような気持ちになった。何に何を祈っているのかわからない謎の信仰心を抱えて、下唇を噛む。

秒針の音の隙間に、滉大が息を吸う音が聞こえた。

「俺、そんな智世ほど覚悟決まってない気がするけど、結婚しようか」

そんな風に言われて、この人って本当に甘い、と思う。覚悟もない人が簡単にプロポーズしちゃダメとか、早く覚悟決めてよとか、そんなことを思いながらも、智世は胸の内がじんわり熱くなっていくのがわかった。コーヒーショップでエクストラホットの飲み物を買って飲んだ時のような、内側がしびれて熱くなっていくような感覚に近い。

智世は、私いま嬉しいんだ、と思う。

「うん。ありがとう」

「締まらないし、指輪もないプロポーズでごめん」

滉大はそう言って智世の左手の薬指に口付ける。

この男って本当に、と智世は笑った。

EPISODE 3

真澄

この人、本当におれのこと好きなんだよな。

美術館の展示を夢中で見る優羽《ゆう》の姿を横目でちらと見て真澄《ますみ》は思う。隣で同じように展示を眺める真澄には見向きもせずにどんどん先に行ったかと思えば、一つの展示の前でじっと動かなくなる。その自由な振る舞いは、名前の通りだと思う。羽が生えているように自由に飛び回る姿は、少し眩しくて、きらいだ。

美術館に誘われたのは一昨日のことで、告白されたのもその時だった。

「ねえ、真澄くんのこといいなと思ってて、それを前提に明後日私と美術館行かない？　今あの美術館でやってる特別展に知り合いが関わっててチケットもらったんだけど」

「は？」

「真澄くん、行きたがってたよね。どう？」

差し出されたチケットは確かに真澄が前から行きたかった彫刻作品を中心とした特別展で、しかし絶賛金欠中の貧乏大学院生が行くには懐が寂しく諦めていたものだった。そのチケットを見た瞬間に、優羽が自分に対して告白のようなものをしていたのをすっかり忘れて、「行きたい」と言っていた。

「やった。じゃあ明後日美術館の前に十三時に。楽しみだね、デート」

そう言ってニヤリと、まさにニヤリとしか言いようがないくらいにニヤリと満足げに笑った優羽に、やらかした、と思ったのだった。

展示は本当に素晴らしいものだった。展示物だけでなく、添えられた解説や順番まで完璧で、こんな展示が作れるようになりたいと思う。そして同じくらい、こんなことを思うことすら烏滸《おこ》がましいとわかりながらも、この展示に自分が関わっていないことが悔しかった。大学院に進学して本格的に美術史を学ぶようになったが、同じ研究室の人に比べると自分にはあまり運がない、と思っている。同期は興味のある分野の展示の手伝いに呼ばれていたり、アルバイトで美術系のところに入れたり、着々と進んでいる。それを羨みながらも、目の前のレポートをこなして研究を進めつつ学ぶ以外にできることがないのが一番しんどいと思う。せっかくの展示を見ていても気がつけば将来のことを考えて集中できないというのも、もったいなくて嫌だった。

いつの間にかはぐれていた優羽と出口で再び合流し、自然な流れで美術館に併設されたカフェに入る。メニューを見るとホットコーヒーすら八百円と書いてあってくらりとした。

「私ケーキセットにしようかな。あの入って右側の七番目の絵の色使いがめちゃめちゃナポレオンパイみたいでケーキ食べたいなって思ってたんだよね。まあここナポレオンパイないけど」

優羽は周りをきょろきょろと見回してから、うん、と頷いた。

「ナポレオンパイじゃないけど、苺のパイにしよ。飲み物は紅茶がいいかな。気分はアッサムだけど、ここなさそう。ダージリンでいいかな。真澄くんは決めた？」

「ホットコーヒー」

「コーヒー派なんだ」

優羽が目配せで店員を呼び、注文をする。その慣れた様子になぜか拗ねているような気持ちになる。住む世界が違うのだと見せつけられているようで、優羽と目が合わせられなくなった。勝手な被害妄想で勝手に機嫌を悪くして、なんて自分勝手な人間なのだろうと嫌気がさしながら、どうすることもできない。

「真澄くんって甘いものそんなに好きじゃない？」

「いや、別に。あったら食べるけど」

「そうなんだ。うちは母が甘いもの好きなんだけど、父と兄が甘いもの苦手だから家だとあんまり出なくて。だから大学入るまで男の人ってみんな甘いもの嫌いだと思ってたんだよねえ」

優羽は一人でもよく話す。相槌しかうたない真澄のことなど気にしていないように表情を変え、話題を変え、楽しそうに話していた。

「大学？」

ふと真澄が聞き返す。

優羽は、真澄が大学の学部生のころからアルバイトをしているカフェで、少し前から働いている専門学生だった。デザイン系のことを学んでいると言っていたが、手先も器用で、メニューにあるケーキセットのプレートに勝手にソースで絵を描いて遊んでいるのを知っている。

「うん。小中高女子校だったし」

「いや、そうじゃなくて、専門って言ってなかった？」

「あ、あれ、知らなかった？　私、大学出てから今の専門で立体系のデザイン中心にやってるんだ。大学は普通に四大の英文科だよ」

ああ、と納得したように優羽が笑うので、真澄は頭の中で優羽の年齢を計算する。大学を卒業するのが二十二歳。そこから専門に入っても。

「え、じゃあもう二十三歳？」

「いや、二十四。大学卒業してから一年間は塾の先生やってたんだけど、知り合いに、やりたいなら専門行って勉強しなおせばいいじゃんって言ってもらって。……あ、私が話すたびに真澄くんがちょっと変な顔してたのって、十九歳だと思ってたから？」

「ごめん」

肯定の意をしめすごめんに、優羽が複雑な顔をした。

その表情に、若く見えるというのは誉め言葉ではないのか、と戸惑う。テレビで見る芸能人たちは「若く見えますね」という言葉で喜んでいたではないか。真澄が言葉を探していると、タイミングよく飲み物とケーキが運ばれてきた。その安堵から「おいしそうだね」という無難な言葉がこぼれる。優羽は少しためらったあと、そうだね、と言った。

「この年で若く見えるっていうのは悪口じゃない？」

苺のパイにフォークを突き刺しながら優羽が言う。表面のパイ生地がフォークで切られて皿の上にぱらぱらと散らばった。フォークにはパイの中心部に詰められたカスタードクリームがついている。カスタードクリームは苺の赤でまだらに染められていて、それが少し気味が悪かった。真澄は、こんなに慣れているように見える優羽でもパイのケーキを綺麗に食べるのは難しいんだなと思う。

「そうなの?」

「いや、だって垢ぬけてないとか子どもっぽいっていうのをスマートに言い換えた言葉でしょ」

優羽はまた苺のパイにフォークを突き刺す。今度はカスタードクリームがパイ生地の上からこぼれた。それはばらばらにされたパイ生地のかけらの上に落ちてその一部を隠す。

「そうなんだ。おれ、あんまり女の子の年齢とかわかんなくて」

「美術品の作られた年はわかるのにね」

「いや、それもまだ全然」

全然ダメだと言いかけて、優羽にからかわれていることに気がついた。落ち着かなくて目の前に置かれたコーヒーを飲む。八百円のホットコーヒーの味はいつも研究室で飲んでいるインスタントコーヒーよりも苦かった。

ティーカップに注がれた優羽の紅茶は赤みのあるオレンジに近い色をしていて透き通っている。優羽がティーカップを手に取り、口元に運んでいく。優羽のリップは朱赤に染められていて、紅茶の色との相性がいいなと思った。

「紅茶、気になる？」

「いや、そういうわけじゃないけど」

真澄が目線を上げると、優羽が面白そうに笑っていた。むっとして真澄が目を逸らすと優羽が声を出さずに笑った気配がした。

「ごめんって。私も好きな人と出かけられて嬉しいんだよ。浮かれてるみたい」

「ねえ、それって本当なの？」

「私が真澄くんのこと好きって？　嘘つく必要もないでしょ」

当たり前のように言う優羽に困惑する。

これまで、真澄に告白してきた人はみな、もっと恥ずかしそうに控えめに愛の言葉をささやいてきた。言うのが恥ずかしいというのが見てすぐにわかるくらいに頬や耳を赤く染め、真澄のことをちらちらと見てくるが目が合わない人が多かった。だから、こんな風に好きだとまっすぐに表現されることには慣れていないのだ。

「信じてもらえない？　じゃあまた出かけようよ。もっと仲良くなれば伝わるかもしれないし」

明るく言った優羽に、真澄は大学のサークルの先輩のことを思い出した。


「ミヤジママスミクンのジマって山が生えてる方だよね」

サークルの部室でカメラの手入れをしていると茂原先輩に声をかけられた。今度のサークル展示のための提出書類を作っているらしく、部屋に備え付けられた分厚いノートパソコンをカチャカチャと鳴らしていた。キーボードに爪が当たる音が、キーボードを押した時に出る音と混じって少し響く。

「はい。お宮参りの宮に、山に鳥の宮嶋です」

「おっけー。で、真面目に澄んでる真澄クンだ」

「はい」

まじめにすんでる、というのは意味がよくわからなかったが、サークルに入ってまだ半年程度しか経っていないような自分の下の名前まで覚えられていることにびっくりして、真澄は反射的に返事をしていた。

先輩はまた「おっけー」と言う。その言葉は真澄に投げられた意味のある言葉というよりも、意味もない間を持たせる音の連なりのようだった。真澄はどうしていいかわからずに、小さな声でまた「はい」と言った。

このころの先輩はよく植物を撮っていた。部室に置いてあった先輩の作品アルバムも、道に咲いた花や家で育てているらしい花の写真ばかりで、サークルに入ったばかりだった真澄はなんてつまらない人なのだと思っていた。写真を始めたのは大学に入ってからで、カメラももらったものなのだと言った先輩に、なるほどと思う。なんとなくあるから撮りました、というのが透けて見えるような写真は、わかりやすく初心者のものだった。その割に使っているカメラには真澄のバイト代では買えないようなレンズがついていて、この人は価値をわかっているのだろうかと心配になったことを、真澄は先輩が卒業するまでずっと忘れなかった。

その日から、先輩は真澄に話しかけてくるようになった。

地元こっち？　学部どこ？　授業はどんなのとってるの？　なんで写真始めたの？

仲良い先輩いる？　好きな食べ物何？

すべて当たり障りのないつまらない質問だったが、真澄は聞かれるたびにひとつひとつ丁寧に答えていった。

東京です。文学部哲学科です。美術史を中心にとる予定です。美術が好きなんですけど絵は描けないので、描かずに作品を作る手段が写真でした。先輩とはあまり交流ないです。ケチャップのオムライスとショートブレッドです。

答えるたびに先輩は「へえ」だの「ふうん」だの興味なさそうな相槌をうっていた。おそらく興味はなかったのだろう。それでも後輩とコミュニケーションを取ろうとしているのだから真面目な人なのだろうと真澄は思う。だからあんなに面白くない写真ばかり撮るのだろうと意地の悪い気持ちで思った。

真澄が一年生のころの冬。

相変わらず真澄には仲の良い先輩はいないまま、時々茂原先輩が話しかけてくるのに答えるばかりのサークル生活を送っていた。サークル活動は可もなく不可もない。写真が上手い人もいるが、カメラを持って出かけたいだけのような人もいる。そういう人たちは真澄にとっては関係がなく、ただ、サークルの機材を使わせてもらえればそれで良かった。

「ねえ、宮嶋くんって野上先輩の展覧会行く約束してる人いる？」

木曜日の三限の空きコマ。真澄が部室に行くと時々先輩もいるその時間に、各々作業をしていると、先輩に尋ねられた。

「いえ、とくには」

行くつもりがなかったとは言いづらい。

野上先輩は三年生の部員で、カメラに対してはとても熱心だった。彼の作品が何かの賞をとったため、展覧会で飾られている。それを告知する連絡が昨晩来ていた。野上先輩とは一度飲み会で、その後学園祭の展示でもう一度、計二回話したことがあるが、それだけだった。彼から真澄に向けた言葉は「よろしくな」と「宮嶋はカメラ持って長いのか？」だけだった。

「じゃあさ、私と行かない？」

「おれが、茂原先輩とですか？」

言外に、なぜ？　という思いを込めながら聞き返すと、先輩はそれをすべて無視して自信たっぷりに頷いた。

「そう。私と、宮嶋真澄くんが」

いやだ、とは言いづらく、なんて断ろうかと思案していると先輩はスマホを見ながら言った。

「じゃあ、明後日展覧会の会場の最寄駅に十六時でどう？　最寄駅まだ調べてないから一旦これでって感じで。なんか予定あった？」

「ないですけど」

「なら、行こう。また連絡するね。それじゃあ私友達と約束してるからもう行くね」

ばたばたと帰り支度をして部室を去っていった先輩に、嵐のように去っていった、という言葉を当てはめる。ついでにせっかく部室に一人きりだからと、先輩が去っていったドアを見つめながら「……なんでだよ」と呟いてみる。まるでアニメのようなシチュエーションを作りだしたことに満足して、真澄はふっと息を吐くように笑った。

待ち合わせ時間ぴったりに着く電車の一本前に乗って、真澄は待ち合わせの駅に来た。

——着きました。二番出口に近い方の改札を出たところにいます。

連絡すると、既読はすぐに付く。

――はーい

先輩の声で容易に再生できそうな返信に、この人文面もこんな感じなのかと思う。見た目は大人しそうだけど中身意外と明るいよな、と考え、なんだか恥ずかしくなって真澄は考えるのをやめた。

結局先輩が乗ってきたのは真澄が乗らなかった待ち合わせ時間ぴったりに着く電車で、「待たせた？　ごめんね」と言いながら早歩きで登場した。白いニットワンピースとブーツで、先輩が歩くたびにコツコツと音がする。それが少しメトロノームのように聞こえて心がざわめいた。

展覧会の会場は駅から歩いて少しのところにあった。

中に入ると、茂原先輩が事前に連絡していたのか野上先輩が受付にいた。

「まじで宮嶋と来たんだ」

「うん。私が喋る後輩だと宮嶋くんが写真いちばん上手いし」

「まあ、そうか。在沢は？」

「在沢くんは上手いけど、那美ちゃんと来るんじゃない？」

「あー、じゃあ宮嶋か」

「うん。ていうか別に私が宮嶋くんと来ようが誰と来ようが、野上先輩には関係なくないですか？　やめてよ、そういうの」

「……それもそうだな。悪い。宮嶋も来てくれてありがと。今日はあんまりサークルの奴来てないけど、ゆっくり見てって」

先輩たちが話しているのをぼーっと眺めていると、急に野上先輩が真澄に話しかけてきたため、驚いて体がびくっと震えた。二人が何を話していたかはあまり聞いていなかったが、見てって、と言われたことだけは理解でき、慌てて礼を言う。

「あっ、はい。ありがとうございます」

「行こ」

さっぱりと野上先輩に背を向けて歩き出す茂原先輩を、真澄は軽く会釈してから慌てて追いかける。

先輩は展示されている写真をひとつひとつ丁寧に見ていった。途中で一度真澄の方を振り向いて「無理して私のペースに合わせなくていいからね」と言ったきり振り向くことはせずに、自分のペースで見ていた。

賞をとった人たちによる展覧会ということで、全体的にクオリティが高い。真澄は見ながら、この展示の順番はどういう法則があるのだろうと考えていた。参加者の五十音順や賞の順ならわかるが、すべてバラバラだった。入り口の方を見ると、野上先輩は誰かと話しているようでこちらには気がつかない。真澄はしばらく窺っていたが諦めて先に進んだ。

野上先輩の写真は花の写真だった。人の目線で撮られたピンク色の花は柔らかい印象を与える。細い茎もどこか儚《はかな》さがうつり、全体的に彩度が低いのか、人の記憶の中にある景色のようだった。

タイトルはシンプルに『花』と書いてあった。思わず、この写真にこのタイトルはセンスがないな、と真澄は思う。

おれだったら、せめてこの花を撮った場所をタイトルにするのに。

自分の作品は出してすらいないくせに、そんなことを思いながら野上先輩の写真の前を離れる。二、三個先の写真の前に茂原先輩はいた。

それは人物の写真で、被写体が真顔でカメラのレンズではないどこかを見つめている。よく見ると目の中にはケーキとティーカップが写っていた。『欲』と名付けられたその写真は、インパクトがあり、見に来た人の多くが立ち止まっているようだった。

「先輩」

真澄が声をかけると、茂原先輩は写真から目を離さずに言った。

「ケーキでも食べにいこうか」

柔らかな声色なのに抑揚のないその一言は不気味で、その時の先輩の感情をうまく読み取ることができなかった。

帰りにもう一度野上先輩に挨拶をして、駅まで、さっき歩いてきた道を戻る。スマホを見ながら先を歩く先輩の横顔にスマホの光が反射して青白く映った。

「ファミレスでいい？」

先輩が指さしたのは真澄も行ったことのあるファミレスで、ケーキなんてあったっけ、と思いながら頷いた。

「何にする？　私はハンバーグ」

「ケーキじゃないんですか？……じゃあ、おれもハンバーグで」

注文をしてから、ドリンクバーに飲み物をとりに行く。真澄はコーラを、先輩はオレンジジュースを入れていた。中学生か高校生くらいの子が「オレンジジュースとアイスティー混ぜたら超美味しいんだよ」と言いながら飲み物を混ぜようとしているのを見て、微笑ましい気持ちになる。

「あの学生っぽい子が作ってた飲み物、私のバイト先でオレンジティーって名前にしてそこそこ高額で出してる」

先輩も聞いていたのか、席に戻った瞬間ぼそっと言った。真澄は笑いをこらえながら、言う。

「混ぜるのあんまり良くないですけど、出しているお店があるならやりたくなる気持ちはわかりますね」

話しているとハンバーグが運ばれてきた。鉄板の上でじゅうじゅうと音を立てているハンバーグは食欲をそそるいい香りが漂う。ナイフを入れると透明な肉汁がじわじわとしみだしてくる。かけたソースが肉汁と混ざり、ソースが少しゆるくなる。

真澄は一口サイズに切り分けたハンバーグにソースをたっぷりつけてから口の中に入れた。ふと前を見るともぐもぐと口を動かす茂原先輩が真澄のことをじっと見ていることに気がついて、目線を下げる。

頭の上の方で、空気が揺れるのがわかった。

「宮嶋くんはどの写真が良かった？」

ハンバーグを食べ終えて、またオレンジジュースを取ってきて飲んでいる先輩に尋ねられる。真澄は迷ったのち、入り口近くにあった竹の写真と答えた。

「野上先輩のやつ？」

「あれ、そうなんですか」

「あの展覧会、賞とった人の別の写真を最初の方に飾ってたりするんだよね」

よくわかんないけど、と言う先輩の言葉に、どういう順番で並べていたのかを野上先輩に聞けばよかったと思った。

「あの展覧会、どういう順番で並んでたかわかります？」

「そこまでは知らない。今度会った時に聞けば？」

そうですね、と言いながら真澄はきっと自分は野上先輩には聞かないだろうと確信した。

「私はやっぱりあの最後の方にあったケーキと紅茶の写真が好きだったな」

その答えに、そうだろうな、と納得する。あの写真を前にした時の先輩は、あきらかに目を奪われていることがわかった。先輩の目にはあの写真と同じように『欲』が映っていた。

「先輩はああいう写真撮らないんですか?」

「食べ物ってこと?」

「あれは人物じゃないですか?」

真澄が反論すると、少し考えてから先輩は言った。

「あれは食べ物の写真だと思った。人を引き付けるものだから。あの写真を見たらケーキ食べたくなったし、いちばん残っているものがテーマじゃないの?」

だんだん声から自信が失われていく。困ったように眉を寄せ、首をかしげた。

「おれは、人だと思いました。人が目を奪われているという状況だから、人主体なのかなって思います」

「そうなんだ。実は私、あんまり写真詳しくないから、教えてもらえるのは助かる。……まあ、人物は撮らないかな」

先輩の言葉になんと言えばいいかわからず、そうですか、と当たり障りのない相槌をうつ。先輩は間をつなげるようにふふ、と笑った。

「人撮るの恥ずかしいじゃん。宮嶋くんも撮らないけど、なんで?」

尋ねられて真澄は答えるのをためらう。しかし誤魔化してなんだか変に勘違いされるのは避けたいので、なるべくさらりと聞こえるように答えた。

「おれは単純に友達がいないからです」

それはごめん、と言う先輩に、まあ事実なので、と言ってなんとなく場を流す。

ふっと沈黙が降りてきて、真澄はずっと先輩に聞きたかったことを尋ねた。

「茂原先輩、なんでおれ誘ったんですか?」

この変な緊張が伝わりませんようにと思いながら、先輩の表情を窺う。

「ふつーに、写真、上手だから」

先輩は特に悩むことなくあっさりと答えた。表情も何も変わらない。

「それだけですか?」

「え、他に? 人を誘うのにそんなに理由いるかな。えー、じゃあ、美術史やってるって言ってたから。見る力あるのかなって思ったから、でどう?」

無理やり見つけてきたような理由を、またあっさり答えられて、真澄は拍子抜けする。理由などないのだろう、と思い、それに少しがっかりしている自分を不思議に思う。

真澄の芸術に関する審美眼を信用した、という理由が適当に言っているのか本心かわからないが、本心の可能性にかけて喜んでみてもいいのではないかと思う。頭では理解しているにもかかわらず、この胸の内に広がる感情はなんなのだろうか。真澄は考えることを放棄して、コーラをストローで吸った。

あれから優羽とはシフトが被らない日が続いている。シフト表を見ても優羽の名前は少なく、次の週末に一度、入れ替わりの時にしか会いそうにない。それを、ほっとしたような残念なような気持ちで真澄は眺めた。

時々思い出したように『やっほー』『今日寒くない?』という連絡が来るが、真澄がなにか適当なスタンプを返すとそれですぐに会話は終わってしまう。そのあっさりとした感じは嫌いではなかったが、どこかもどかしさも感じていた。

週末には、カフェはそれなりの忙しさになる。年の瀬も迫っている十二月。テスト終わりの高校生や、クリスマスムードに染まったカップルで店内はにぎわい、外で店内を窺う客もちらほらいる。

もうすぐシフトの交代の時間かと店内にある時計を確認しながらキッチンに戻ると、手を洗っている優羽がいた。

「少し早くない？」

「お客さん多いって聞いたから。とりあえず少し早めに来てみたけど、思ったより余裕そうだね」

「うん。一旦全部注文出したから」

そっか、と言いながら優羽がペーパータオルで手を拭く。会話が途切れる。真澄は気まずさに、誰かお客さんが店員を呼び出してくれないか、と思った。それならすぐに飛んでいくのに。

何も言わない真澄を気にしているのかしていないのか、優羽は今なにかを思い出したようなそぶりで口を開いた。

「あのさ、クリスマスマーケット行かない？」

「クリスマスマーケット？」

「みなとみらいの。絵があったり、ドイツのクリスマスの小物があったりするらしいよ。昨日インスタで見たんだけど、行く予定ある？」

優羽がスマホを取り出した。

「いや、ないけど」

「私と行かない？　二人で」

共通の友人なんていないのだから二人なのは当たり前であるにもかかわらず、優羽はきちんと二人ということを強調した。真澄の目が泳ぐ。

「もし、嫌だったら断ってもいいよ。でも私は真澄くんと一緒に行きたいと思ってる」

「嫌じゃないよ。でも、なんか、クリスマスって」

真澄の言葉が中途半端に途切れた。うまく言葉にならず、じっと頭の中で考える。

優羽は真澄の言葉を待っていたが、助け船を出すようにそっと呟いた。

「恋人らしすぎる？」

「うん。そんな感じ」

優羽が嬉しそうに笑った。その笑みは本当に嬉しそうで、真澄は面食らってしまう。

「海外ではクリスマスは家族で過ごすものだしあまり気にしなくていいと思うけど、そうだね。意識してもらえているようで、なにより」

真澄の頬がカッと熱くなった。今鏡を見たら耳のふちが赤くなっていそうだと、左手で耳を触る。案の定耳は熱を持っていて、そのことにも恥ずかしくなった。

「いいじゃん。嫌じゃないなら行こうよ。きっと楽しいよ」

「うん。行こうか」

優羽の目をまっすぐ見ることができずに、ななめ下に目をやりながら真澄は答えた。


——二十四日。馬車道の駅に十四時に待ち合わせでどうかな。

真澄は十四時より少し前に着く電車に乗って馬車道駅のホームに着いた。約束の時間ぴったりに改札に着くように調整しながら歩いていると、後ろから急にくすくすと笑う声が聞こえて振り返る。

「おんなじ電車だったんだ」

振り返って歩みが遅くなった真澄の前に人がどんどん入り込んでくる。その人の流れにあわせて、真澄の後ろを歩いていた優羽が隣に並んだ。

「ね。気づかなかった」

「私も。まあ、ここなら大抵同じ電車で来るか」

エスカレーターに乗って上りながら、優羽がスマホをコートのポケットにしまい、鞄の中から真っ白なパスケースを取り出した。それを見ながら真澄はスマホに入っているICカードの残高を確認した。

「意外と人多いね」

「まあ、クリスマスだし。そういえばクリスマスマーケットまでの行き方わかる？」

優羽に尋ねられて、真澄は手元のスマホでクリスマスマーケットへのアクセスを調べる。馬車道駅からは徒歩六分程度の道のりで、それほど遠くない。

「多分わかると思う。ってかここに行き方書いてあるし」

エスカレーターを降りて隣に並んだ優羽が真澄のスマホを覗き込む。真澄はその距離にただ、近いなと思った。その距離のまま優羽の視線が真澄に向く。真澄は急に合った目にたじろぐ。

「じゃあ、連れてって」

「いいけど」

動揺したまま真澄は答えていた。

「ありがとう。たすかる」

どちらかがほんの少し体を傾ければ触れ合うくらいの距離で、優羽は言った。

優羽に見つめられながら何かを言われることに弱いと真澄は思う。元々人と目を合わせるのが苦手なこともあり、逸らしたくて、でも逸らしてしまえば相手を傷つけてしまう気がしてうまく目を逸らせない。

クリスマスマーケットまで連れてってという言葉の意味もわからないまま了承してしまったのも、きっとあの視線のせいだと真澄は思う。

馬車道からクリスマスマーケットまでの道はそこへ向かう人も多く、スマホの地図を開く必要はなかった。前の人にあわせてゆるく歩きながら真澄と優羽はとりとめのない会話をする。話が終わった次の瞬間には忘れていそうなくらい中身のないだらりとした会話と、恋人でもないのにクリスマスに出かけているという事実との組み合わせはどこかアンバランスだと思った。

「ね、なに食べたい?」

優羽はスマホを出してクリスマスマーケットのサイトの飲食メニューを開きながら真澄の方を見る。若干の上目遣いに、思っていたより優羽の背が小さいことを知り、意外に思った。

「なにがあるの？」

「うーん、グリューワインは定番でしょ。あとはケーニヒスベルガー・クロプセってやつあるよ」

「なにそれ」

「んーなんか、肉団子のクリーム煮、かな」

ほらと真澄にスマホの画面を差し出す優羽が楽しそうで、つられて真澄の頬も緩む。

「最初からそう言いなよ」

「一応、知ってるかなって思って言ってみた。あ、あれツリーじゃない？」

指さした先には人ごみに紛れてツリーがあるのが見える。いかにもクリスマスであるという見た目をした人の集まりに、真澄は新鮮な気持ちでおおと思った。人の集まるところに行くことをあまり好まない真澄にとってははじめてのことばかりで、ついきょろきょろと子どものようにあたりを見回してしまう。隣で優羽がふっと笑うのがわかった。

「なに？」

「いや、真澄くんも楽しんでくれていて嬉しいなって」

「なにそれ」

むっとしてそう言ったものの、さっきよりも笑みを深くした優羽に対して何とも言えない感情がわき、真澄はかるく息を吐いた。

クリスマスマーケットの入り口で入場料を払い、並んで入る。入場する前と人ごみはそんなに変わらず、真澄は入場料が必要なのにこんなに人が来るんだ、と意外に思った。とりあえず席を探したいとあたりを見回しながら中に向けて歩いていく。ソーセージを片手に歩く人や、中身は見えないが温かい飲み物を持って歩く人にぶつからないように、なるべく荷物を体に添わせるようにして歩いた。半歩前を歩き、時々振り返っては真澄がきちんとついてこれているかどうか確認する優羽に、いるよ、と伝わるように軽く頷くと、優羽も大きく頷き返す。

唐突に、優羽とならまあ付き合ってもいいかな、と思った。

そう思ったことに動揺して、真澄は心の中でやっぱり今の無しにしてくれ、と叫ぶ。優羽はそんな真澄に気づくことなくのんびりとあたりを見回していた。

まだ十四時過ぎだからか少し探してみれば席は案外早く見つかった。

「じゃあお互いなんか食べたいものを買ってきてここに集合ということで」

確保した席にマフラーを置いて、どこかに買いに行こうとする優羽を真澄が慌てて引き留める。

「え、そういう感じ？」

「だってお店並ぶし、各々行った方が効率的じゃない？」

頷きかけて、止める。

「いや、おれなんでもいいし、一緒に行こうよ。デートってそういうものじゃないの？」

面食らったように目を丸くしてゆらゆらと瞳が動くさまを真澄は何も言わずに見ていた。うん。そうか。でーと。声に出てはいないが、口の動きがそんなことを言っているような気がして、面白いなと思った。

頭の整理がついたのか、視線が合う。

「そうだね。一緒に行こう。私、ビーフシチューと、ホットチョコレート飲みたい」

「ん、いいよ」

「二つともお店違うけどいい？」

「これでダメって言うことないでしょ」

そうだね。そうだよ。言い合いながら二人で並んで店に向かった。

優羽があれも、これも、と道中に寄り道をし、気がつけば予定の倍くらいの飲食物がテーブルの上には載っていた。

チーズのかかったソーセージ。リゾット。真澄の買ったホットチョコレートと、優羽が買ったグリューワイン。そして優羽が嬉しそうに「見つけた」と言いながら並んで買ったケーニヒスベルガー・クロプセ。結局最初に食べようとしていたビーフシチューは買っていないし、ホットチョコレートを頼んだのは真澄の方で、なぜか優羽はグリューワインを手に持っている。

「こんなに食べれるの？」

「でも真澄くんも食べるでしょ？」

予想の範囲内の返事に、文句を言うより先に笑いが浮かぶ。

「おれ、男にしてはそんな食べる方じゃないよ」

「私よりは食べれるでしょ」

あたりまえだよ、と言いながらさっき感じたことを思い出す。

「そういえば優羽って身長いくつ？」

「一六〇くらい」

その答えに、まじまじと優羽を見つめる。もっと小さいと思っていた。顔を合わせた時に、真澄が視線を少し下げなければ目は合わない。

「え、なに、どっち？　そんなまじまじと見ないでよ。照れちゃうでしょう」

ふざけたようにそう言ってから、きゅっと唇を結ぶ。優羽のことを特別童顔だと思ったことはないが、そういう表情をすれば幼く見えるのだなと知った。

「なんかさっき、優羽って小さいなと思ったから、一六〇あるって知って驚いた」

「今日の靴、ヒールないから余計そう見えたのかな。あんまり自分のこと小さいって思ったことないよ。女子だと平均より高いし」

「そうなんだ」

視線を落とした先にある買ったばかりのホットチョコレートはまだ湯気を立てていて熱そうだった。真澄は猫舌にもかかわらずホットチョコレートを手に取る。ふうふうと息を吹きかけて冷ましながら、上がる湯気越しに優羽を盗み見た。ソーセージをフォークで刺して持ち上げながら、上にかかったチーズがどんどん一緒に伸びていくのと格闘していて、よく伸びるチーズだなと思った。

「このチーズめっちゃ伸びる」

ぼそっと優羽が言った言葉は真澄の感想と同じで、その偶然に真澄はふうんと思った。

冬は日の暮れるのが早く、もう空は薄暗い。あと数分もすればあたりは真っ暗になるだろう。主に優羽が買った食べ物たちで胃は十分に膨れていて、最後に追加で買ったグリューワインのおかげで体はほんのり温かい。

「ねえ真澄くん、手つなごうよ」

クリスマスマーケットを出て、帰るのも惜しいなという空気の中、優羽が言った。あたりはイルミネーションがキラキラとしていて、綺麗だった。もっと暗くなれば、より一層キラキラキラと光って見えるのだろうと思う。

「え、なんで」

反射的にそんなことを言った。手をつなぐことに理由なんてあるわけがないことは真澄にもわかっていて、それなのにこんなことを言ってしまうのは、天邪鬼《あまのじゃく》でしかないと思う。

「なんでって言われても……私が真澄くんのことが好きで、寒くなってきて手をつなぎたいと思ったからじゃだめ？」

「ダメじゃないけど」

口ごもる真澄に優羽は首をかしげた。

「じゃあ私と手をつなぐのは嫌？」

「嫌というわけでもなくて」

「じゃあつなごうよ」

そう言ってさっきのやりとりはなんだったのかと思うくらいにあっさりと、優羽は真澄の手をとって握った。しかしそれは、いわゆる恋人つなぎという指を絡めたものではなく、普通に手をつないだだけで、真澄は戸惑う。

「いや、そっちの方が恥ずかしくないか？」

真澄が手を握りなおして恋人つなぎに変えると、優羽がふふふと笑いながら手に力を込めた。真澄が優羽を見ると、髪の毛の隙間から見える耳の端が少し赤くなっていて、真澄の顔まで火照《ほて》るようだった。

しばらく二人で手をつなぎながら無言で歩く。周りのカップルと見られる人々も同じように手をつないで歩いていて、自分たちもこれと同じなのかと思うと真澄は余計恥ずかしくなった。

「なんかさ」

ぽつりと優羽が言う。なに？　と優羽の方を見るとひどく真剣な顔で言葉を続けた。

「私、この調子で真澄くんがどんどん流されていきそうで心配」

「は？　なにそれ」

「最初のデートも、今日も、手をつなぐのも結局許されてるし」

優羽の言葉はふざけているようでもなくシリアスなトーンのままで、真澄はなぜか少しイラッとする。

「別に流されてないし。自分の意志だから、余計なこと考えなくていい」

イラついた思考に任せてよく考えないままに返事をすると、優羽が驚いたように真澄を見ていた。真澄は自分が何を言ったのかということに気がつき、じわじわと後悔の念がおしよせる。

「……じゃあ、真澄くん、キスしようよ。嫌？」

にやにやと笑う優羽の頬はさっきよりも赤くて、真澄はもうどうにでもなればいいと投げやりな気持ちで答えた。

「付き合うまでそういうのしないし。さすがにおれも怒るよ」

今年の学園祭でもポストカードの販売をします。展示される作品と同じでもいいので提出お願いします。

写真サークルの部長から全体に一斉に来た連絡を見ながら、真澄は過去の自分の作品を思い返した。未発表の写真で出せそうなものの中から、ポストカードにしたらウケが良さそうなものをいくつかピックアップしておこう、とスマホのやることリストに加える。

真澄が一年生のころの学園祭でも同じようにポストカードの販売をした。その時によく売れていたのは野上先輩のものだったと思う。どこかの植物園で撮ったらしい青い花は美しく、ポストカードにもちょうど良い写真であった。茂原先輩のものも確か何かの花で、あれはピンク色の薔薇《ばら》だった気がする。真澄の好みではなく、ふうんと思っただけだったが真澄の予想よりも人気があったことは確かだった。こんなつまらない写真が売れるんだな、と終わった後に在庫を見ながら思って、口に出すとまるでそれは嫉妬のような、悪意のようなものに聞こえてしまうだろうと、唇を結んだ。

真澄はその時自分がどんな写真を出したのか、もう覚えてはいない。きっとあまりウケが良くなかったのだろうということだけはわかった。

今年のポストカードのデザインはどうしようかということを頭の片隅に置きながら、インスタグラムをだらだらと眺める。夏らしい花火。富士山と緑。誰かにモデルを頼んだのか人間を撮っている写真も多く、真澄はふうと長いため息を吐いた。

「宮嶋くんて、肺活量多いんだね」

「は?」

急に声をかけられて顔をあげると、茂原先輩が部室の入り口に立っていた。ヒールのかかとが部屋の床に当たってコツコツと鳴る。

「高校の時運動部だったとか?」

「いや、普通に写真部です」

「じゃあ遺伝だね。ご両親に感謝しといた方がいいよ」

はあ、と微妙な返事をしながらなんでこんなことを言われているのかと考え、さっきの自分のため息について言われていると気がついた。ため息を吐いた後にも肺の中に残った空気を吐ききったので、その長さについて言われているのだろう。

「で、何に悩んでるの？　先輩が相談にのってあげようか？」

机の上に鞄を置きながら、真澄の向かいに先輩は座った。ため息を吐いているところを見られた以上、何もないですとも言えなくて正直に答える。

「今年の学祭のポストカードは何にしようかと思って」

「あー、何にするの？」

「今それについて考えてるんで」

この人は本当に人の話を聞く気があるのだろうか、と思いながら、へへっと笑う先輩を眺める。先輩はスマホを操作して何かを表示させてから真澄に差し出した。

「去年の売上表。撮影者別のデータと、ジャンル別のデータあるけどいる？　ちなみに展示作品のアンケート結果の集計表付き」

「これ、いいんですか？」

「去年の部長がエクセル使えなくてデータ入力を私が手伝わされたんだけど、せっかくだからって勝手に作った。バレたら怒られそうだから、その覚悟あるならデータ教えてあげる」

思ったよりも取扱いに困るものを出されて困惑するが、ありがたいことには変わりないので受け取ることにする。

「やっぱり人物は人気だよ」

先輩がデータを見ながら言った。真澄が、人物？　と聞き返すとうん、と返ってくる。

「人物と言っても、ミスコンに出た人を使った写真だけど。SNSで告知してくれるから人も来るし、友達も買いに来るんじゃない？」

ああ、と頷く。

「去年は部長がミスコンに出た人と付き合ってたから、それで撮ってたよ。美人だったし、すごい売れてたはず」

「それってなんか、ちょっと、あれですね」

胸に浮かんだ微妙な感情を言葉にするのは憚《はばか》られた。語尾を濁して相槌をうつと、先輩は笑った。

「ね。で、次が花とか風景かな。野上先輩のもよく売れてたねえ。野上先輩は上手だから。今年も出すのかな」

「今年も、先輩は花ですか?」

真澄が尋ねると、先輩の動きが止まった。何か間違えただろうかと、取り繕う言葉を探していると先輩はゆっくりと頬杖をついて口を開いた。

「迷ってるけど、今年は別のかも」

そう言った先輩は少し嬉しそうな不安そうな、よくわからない顔をしていた。

授業が終わって人の増えてきた部室から早々に帰宅した真澄は、部屋の床に荷物をどさりと置いてパソコンを開く。過去の自分が撮った写真のデータを見返しながら、手元のスマホで先輩に貰ったデータを細かく見ていった。去年の部長の写真を除けば、売れているのは花をモチーフにしたものだ。真澄が昨年何をモチーフにしたのかは書いていないが、学年で言えば三番目の売り上げだったという記録がある。

今年はおれも花にするか。

そう思って勝手に気まずくなる。去年散々ダサいと思っておきながら結局は売り上げを見てモチーフを決めるということが、逃げのように感じた。

真澄は花を撮影するのが苦手だ。道に咲く花にも、植物園の花にも特に何も思わない。綺麗か綺麗でないかと言われたら綺麗だとは思うが、それだけだった。植物を育てることも苦手で、実家で母が育てていた植物も真澄が世話を代わるだけでなぜか枯れていく。将来学芸員になった時のことを考えると植物に関する知識も増やしたいと思っているものの、苦手意識は簡単には消えずに残り続けていた。

少し前に一人で上野に撮影に行った時の写真を出す。

美術館の外観や博物館の外にあるオブジェを撮った写真、動物園で動物を撮った写真がほとんどで、植物を撮ったものは少ない。

「やっぱ花にするなら新しく撮りに行かなきゃだよな」

ひとりごとを言いながらフローリングの床に寝ころび、手元のスマホで近くにある植物園や花のある公園を検索し始めた。

大学入学のタイミングで上京してきてから、日に日にひとりごとが増していく。家の中に音がないせいかと思い、音楽を流してみてもひとりごとを言う癖は直らなかったため、そんなもんかと思う。実家暮らしのころは滅多にひとりごとなど言わなかったはずだ。

「まじで花はわかんないんだよな。どうしよ」

そう言いながら、手元のスマホには既に都内の美しい花が咲くことで有名なスポットの地図が表示されていた。

真澄がポストカード用に出したのは、都内の大きな公園に撮りに行ったコスモスだった。一面に咲くコスモスの中から一輪にピントを合わせてそれ以外を背景にした、ありきたりだが一番綺麗に撮れる構図。奇をてらったとしても、人がそれを良いと思わなければ意味がない。結局は王道こそが、と自分を納得させた。

学園祭当日、ブースに並ぶ様々なポストカードの中で真澄のものは美しく、人目を引いた。それを満足したような気持ちで眺めながら、去年茂原先輩が出したポストカードもピンクの薔薇ではなくピンクのコスモスだったことに気がつく。嫌だとも良いとも、恥ずかしいとも違うどこか不思議な感覚に心がざわめく。

今年の先輩の作品は何だろう、どうか下手《へた》でありますようにと祈りながらひとつひとつ見ていく。途中、野上先輩のものがあり、やっぱりそれは植物で、つまらないと思いながら次のものを見る。いくつかあとに先輩のものはあった。

「これ」

苺のパフェの写真だった。縦で、構図とか背景とか、そういうのを全部無視したただのパフェの写真だった。奥にはおしぼりだとか、多分買い物の荷物だとかがぼやけて写り込んでいる。もう少しあおりで撮った方が迫力があるように思える。ライティングももう少し暗い方がいい。

それでも真澄には、この写真はきっと人に好かれるのだろうとわかった。

やっぱり、おれはこの先輩のことが嫌いだ、と思った。

真澄くんってインスタやってないの？　と優羽に尋ねられ、そのままインスタグラムすらも相互になっていた。クリスマスイブはあのままなんとなく良い雰囲気になって解散し、年末年始もそこそこ連絡は途切れずに続いている。

優羽の更新するストーリーズは楽しそうな家族での団らんやおそらく友人であろう人との集まりの様子が毎日のように載せられ、優羽らしいインスタグラムだと思った。投稿も数は少ないものの、真澄と行ったクリスマスマーケットの食べ物の写真やイルミネーションの写真がまとめてハートの絵文字ひとつで投稿されていた。真澄はそれを帰省した実家の自室で見ながら赤面した。いいねを押すべきか押さないべきか迷って、押さずに画面を閉じる。

優羽のことを見ていると、茂原先輩のことを思い出す。先輩は、いつも人に囲まれていて、それなのになぜか、真澄にも話しかけてくるような人だった。今でも真澄にとって先輩はよくわからない人のままで、その嫌悪が嫉妬によるものだとわかっていてもやはり少しだけ嫌いだった。

優羽のことは嫌いではないし、二択にすればきっと好きの側に振れると思う。それでも優羽を見ていると心がざわついて落ち着かない。同じようにこれが嫉妬であることには気がついているが、気がついているからといって何もできなかった。

「東京戻ったら、どうするかな」

一人暮らしで癖になったひとりごとは解決策を生むことなく宙に浮かんでいく。小学校に入学した時に買ってもらった学習机がそのまま置かれたこの部屋は、時間が止まっているようで落ち着く。ここまで来て付き合わないという選択はもう無いと思う一方で、まじで優羽っておれと付き合いたいとか思ってるのかな、という考えも浮かんでくる。

頭で考えていてもどうしようもないことをひたすら考えながら、早く東京に戻りたい気持ちと、一生この部屋にいたい気持ちのはざまで揺れていた。

年が明けて、最初に会った親族以外の人は優羽ではなく大学の教授だった。東京に戻ってすぐに、こんな話があるんだが、とメールで呼び出された。それは、とある画廊の手伝いをしないかという話だった。真澄が美術館の学芸員志望だったことを思い出して、声をかけてくれたのだ。手伝いと言っても話を聞けばそれはただのアルバイトで、当たり前だがなにか作品の展示に関われるというわけではない。画廊と美術館では求められるものも違う。期待を裏切られたような気持ちになりながら、それでもいつか活かせるかもしれないと真澄は二つ返事で引き受けた。

画廊で働くために勉強することも増え、優羽との連絡はどんどん減っていく。会わない時間が増えれば増えるほどに、優羽について考える時間は積み重なっていき、だんだんよくわからなくなってきていた。一月も末になるころには、優羽のことを一瞬好きだと思ったのもすべてその場の雰囲気に流されたからではないかと結論付けられていて、それが優羽の言う「私、この調子で真澄くんがどんどん流されていきそうで心配」という言葉と重なってしまい不愉快な気持ちになる。

まじわかんな、と粗雑な口調で心の中で呟いてみても何も変わらず、ただわからないだけだった。それでもなにか混乱することがあると思考がまわるのか、大学の自分の研究だけはやたらと順調で、その順調さを逃したくないがために優羽のことを考え続けた。

優羽から連絡が来たのはそれからすぐだった。専門の友達とグループ展をやるから来ない？　という誘いで、真澄は行こうかな、と返信をした。変な生き物がやったーと言いながら転がっているスタンプがすぐに返ってくる。変なスタンプを持っているんだな、と思って少しだけ笑った。

グループ展は不思議な空間だった。立体物も絵画も写真も衣装も色々なものが雑多に並べられていて、共通点がなさそうなものがおそらく独自の感性をもって隣り合っていた。

「真澄くん」

説明を読んでいると後ろから声をかけられた。声をかけられる前からくすくす笑う声は聞こえていた。きっと真澄が気づいていることに優羽は気がついていたのだろう。どこか甘やかな響きをもって呼びかけられた名前は知らないもののようだった。

「すごいね。優羽のは無いの？」

「私は空間のデザインとか勉強してるから、この展示の全体の設計。プラン図とか個人の紹介資料とか作ってる。あとは一応説明の英訳とか、逆に和訳とか。やっぱり仕事につなげたいからね」

返ってきた答えに、胸の底にチリチリとした熱さを感じるのを飲み込んでただ、へえ、と言った。

「真澄くんはもう画廊で働いてるの？　私も今度行ってもいい？　母が寝室に飾る絵が欲しいって言ってたし、せっかくなら真澄くんのところで買おうかな」

「もちろん。どうせならオーナーもいる時がいいし、聞いてみるよ。……あのさ」

真澄は、告げるなら今日かもしれない、と思った。なに？　と首をかしげる優羽の目を見ないようにその首のあたりを見つめながら言葉を続けた。

「話したいことあるんだけど、今日この後近くで待っててもいい？」

優羽はあっさり、いいよ、と言った。

その時の表情はきちんと見たはずなのに、真澄はその記憶がすっぽり抜け落ちたように、何も覚えていない。

近くのカフェで待っていると、意外とすぐに優羽は来た。展示の方にはもう優羽の知り合いが来る予定はないため、帰っていいと送り出されたらしい。飲み物買ってくる、と荷物を置いて席を立ち、チーズケーキとココアを持って戻ってきた。

「甘そうな組み合わせだね」

「ココア頼んだ後にチーズケーキ食べたくなっちゃったの。変更したかったけど作り始めてたから、もう後戻りはできなくて、受け入れるしかなかったよね」

そう言って肩をすくめる。そしてふっと短く息を吐いてから、で？　と真澄に向かって問いかけた。

「優羽と、付き合えない、と思う」

言葉を学習したばかりのロボットのように、真澄はゆっくりと言った。

「なんでか聞くね。なんで？」

優羽は怒っているようでも悲しそうでもなく、ただの好奇心のような口ぶりだった。怒るとか泣くとかそういった反応を予想し、覚悟をしていたため、真澄は少し安心して落ち着いた状態で話し始めることができた。

「おれさ、学部生のころサークルに嫌いな先輩がいて、わけわかんなくて、それで苦手だって思ってたんだよね」

「どんな人？」

「その人ってすごい目を惹《ひ》く人でさ、技術とかじゃなくてサークルの展示とか販売でもすごく目立つんだよね。それが、ずるいって思ってた。嫌いなのに気づいたら目で追ってる感じして」

真澄は苦笑する。己の弱さを認めなければ成長はできないと言うが、認めたってあまり変わらないんだと思う。知っているか、知らないかの違い。それだけ。

「うん。いるよね、そういう人。才能って言い方が正解かわからないけど、そういう一種の煌《きら》めき」

「おれは優羽に同じもの見てる。優羽を見てると羨ましくてずるくて、胸がぐってなる気がして、わからなくなる」

「私にも？」

「目が離せない感じするし、劣等感みたいなのあるし、いつも優羽のことが頭の片隅にちらつく」

下を向いている優羽の頭のてっぺんが目に入り、頭皮って白いんだなあと場違いなことを思った。頭皮の色と顔の肌の色の境目について考えていると、優羽の視線が真澄の方を向いていることに気づいて、あわてて視線をずらす。目の前がぐらっとしてまばたきをした。

「一応聞いてみるんだけど、真澄くんって、それ、私のこと好きなんじゃなくて？」

予想外の言葉にもう一度頭がぐらっとした。

「いや、だって先輩に感じてたのと似てるし」

「先輩のことも好きだったんじゃないの？」

単独では意味を成さない母音が喉の奥の方から漏れる。

「え、だって、その先輩から目が離せなくて魅力的な人なんだと思って、ずっと気になってるんでしょう。私はそれを好きって呼んでるよ」

「でも、それに起因する負の感情が大きくて」

「私も真澄くんに対して劣等感とか羨ましいとかそういうのあるけど、だから好きなんだと思ってるよ。ずっと見てたいし、私の目の届くところにいて欲しいって思ってる。絶対負けたくないから、いちばん隣にいたい」

急な情報量に、思考を整理することができない。こんな時ばかり、優羽のまぶたに塗られた色がいつもと違うことや、履いている靴のヒールが少しいつもより高いことに気がつく。他のことを考えている場合ではないと焦れば焦るほどに、思考は余計なことで占められていくんだなと思った。

「おれに負けたくないこととかあるんだ」

「当たり前じゃん。私は一回美大諦めてるし、今だって将来の夢とかじゃなくて一番楽しそうってだけで専門行って勉強してるから、真澄くんみたいになりたいものが決まってて、好きなこと勉強してるのは羨ましいよ」

はじめて聞くことばかりで、真澄はなんと言えばいいか、頭の中で考えを巡らせる。どんな言葉も自分の今の感情とはずれていて、仕方なく、ああ、とだけ言った。

「私には真澄くんがどんなこと考えてるかわからないけど、少なくともこの間デートした時は雰囲気にのまれた分を差し引いても楽しそうだったと思う。真澄くんが私を好きかどうかは真澄くんが決めることだけど、私は、真澄くんのそれを恋って名前にしてるよ」

沈黙が降りる。

混乱しながら、じゃあもう、一回付き合ってみた方が早いんじゃないか、と考えることを諦めてしまいそうになる自分を叱咤《しった》した。

「一旦、持ち帰って考えていい？」

「うん。自分で納得してから、告白してね」

「うん……え、いや、なんで」

真澄は素直に頷きかけて、慌てて疑問を呈した。

「ここで私が告白するのは変じゃないかな」

「そうじゃなくて、なんでおれが優羽のこと好きだって思うの前提なの？」

「私の勘」

やっぱりこの人のことはよくわからない、と思いながら真澄は自分の頬が緩んでいるのがわかった。

EPISODE 4

冴

動画サイトで知らない人のルームツアーを見ながら冴は電車に乗っていた。普段着なのに間違えて履いて出てきた就活用パンプスの中で足が靴ずれになりかけている。吊革につかまってこっそり背伸びをすると半分だけパンプスから解放された足に空気が通った。大学四年生になって授業は確かに減ってはいるが、週に三日はあるため変わらず登校はしている。それを冴はひどく面倒だと思っていた。

電車を降りた冴は、大学の最寄駅にある薬局に寄って絆創膏を買うついでにイチゴ味のグミを買う。コンビニだと百二十円するものがなぜここでは九十円なのかと思いながら、安いならば問題はないと理由についてそれ以上考えを巡らすことなく、年始の初売りで買った財布から小銭を取り出してお金を払った。

イヤホンからは、つけっぱなしにしているルームツアーが終わり、チャンネル登録と高評価を乞う言葉が流れている。冴は羽織ったパーカーのポケットからスマホを取り出して動画から音楽に切り替えながら、大学までの道を歩いた。

「おはよ」

「おはよ。聞いてよ、私、なんか今日バイトも面接も無いのに間違えてスーツで来たんだけど」

すでに教室にいた友人たちのもとへ近づき冴が声をかけると、スーツ姿で髪を後ろで一つにくくった友人が顔をしかめる。冴は自分の足元をちらっと見てからふっと笑う。友人たちは特に冴の足元を気にすることなく、スーツ姿の友人を見ながら笑っていた。

「ださいなー。メイクも就活仕様じゃん。ナチュラルメイク。ルナソル？　スック？」

「エクセル。私、顔面がデパコスだから」

「エクセルのアイシャドウが優秀なんだわ」

「なんかこの会話、就活に毒されてるなって感じするよね。誰でもいいから私のこと雇ってくれないかな」

「誰でもいいなら雇ってくれるんじゃない？」

「待って、誰でもは良くない。完全週休二日制のホワイト企業で初任給二十万円はください」

「めっちゃ条件つけ始めた」

ぽんぽんと流れる会話を聞き、時々口をはさみながら、冴は鞄から筆箱と手帳を取り出す。面接や説明会の予定で埋まった手帳は憂鬱の塊のような存在で、せっかく年始に悩んで買ったのに、と冴は少し悲しくなった。

「てか冴、彼氏も就活じゃん。会ったりとかしてるの？」

いつの間にか変わっていた話題で急に話を振られ、冴は自分の手帳から顔をあげた。

「伸？　まあ、授業二個被ってるから会ってるよ。次一緒だし」

「あ、そっか。同じ学科ってそういうのいいよね」

友人が言うのを曖昧に笑って流す。

同じ授業だろうと、お互いに友人はいる。別に授業を一緒に受けているわけではない、と言ったらこの人はなんて言うだろうか。そんなことを考えていると、不意に智世と目が合った。次の授業は唯一智世と二人で受けているものだった。黙っててね、という意味を込めて冴が口角をあげると、智世も同じように口角をあげた。

授業は四年になってもあまり変わらない。就活を急かされるわけでもなく、教授が学生を申し訳程度にちらちらと確認しながら自分の専門分野について延々と語っている。中学や高校のように人と足並みを揃えることを強要されていない感じがして、そういうところはいいな、と冴は思った。好きでも嫌いでもない大学について、唯一好意的に受け止めているところ。

「冴、さっき誤魔化したでしょ」

授業が終わって智世と二人きりになった移動中、いたずらっぽく笑った智世に尋ねられる。冴もにやりと笑ってから、まあね、と答えた。

休み時間の校舎内は人が多く、エレベーターを使うには待ち時間が長すぎる。冴と智世は顔を見合わせて階段をのぼって次の教室に向かった。

「なんか、別に伸とは暇があれば会ってるし、この間もご飯行ったけど、あの場で話すのも恥ずかしいし、教室で会ってることにしちゃった」

「まあ、別に些細なことだもんね。あ、じゃあ次、伸くんの近く座ろうよ。そうすれば嘘じゃないし」

「今日伸就活あるから来ない。また来週かな」

「そっかーじゃあ仕方ないね」

あっさり納得して特に何も言わない智世のことは好きだった。この授業をのぞけば必修科目以外被ってはいないし、学外でも会わない。その程度のそこまで仲良くもない友人でも、智世ならば卒業してからも会うことがあるかもしれないと、冴は思っていた。

「ていうかさ、今階段のぼってて気がついたけど、冴、今日なんかパンプスだね？」

「うん。就活用のね」

澄まして冴が言うと、智世は肘で軽く冴の脇腹を小突いた。

「さっきスーツのこと言ってた時に言えば良かったのに。冴も就活に毒され組だねえ」

「だって恥ずかしいもん。わざわざ言わないよ。しかも普通に靴ずれしてるし」

「え、ちょっと先に言ってよね。階段使わせちゃったじゃん。それなら授業遅刻してでもエレベーター使ったのに。今からでも使う？　あとワンフロアだけど」

智世の言葉に、冴は少し嬉しくなった。

「いいよ別に」

冴は首を振って次の階にのぼるための階段の一段目に足をかけた。智世はエレベーターの方を気にするように振り向きながら、諦めて冴の後を追ってきた。

「だって先生もどうせエレベーター使うから、絶対先に教室入れるよ」

「それはそうだけど、打刻で遅刻バレるのは嫌じゃん」

「打刻は誤魔化せないね。あれ、どこまで見られてるんだろ」

だらだらと会話を続けながら教室のある四階にたどり着き、冴はふうと息を吐いた。一段遅れてたどり着いた智世も階段の前で肩を上下させていて、冴と智世はそのまま顔を見合わせて笑った。

「マジで疲れた」

「エレベーター増やしてくれ」

よたよたと、階段をのぼる前とは比べ物にならない不安定な動きで教室に向かって歩いていく智世を追いかけながら、あとで智世にはイチゴのグミをわけてあげよう、と冴は思った。一度思ってから、智世ってグミ食べるのかな？と疑問を抱く。どっちでもいいことを頭の中で考えながら、冴は鞄を肩にかけなおした。

その、鞄に入れたままの食べかけのグミの存在を思い出したのは数日後だった。

飲食店の多く入ったビルの上にある薄暗いカフェで夕食を取っていた。一緒にいた伸とまとめて会計をしてしまおうと鞄から財布を出した時に袋の端が一緒に飛び出てきて、冴はそういえば買ったなと他人事のように思った。そんなに味が好みではなかったイチゴのグミ。

「あ、そういえばグミあった」

「冴、グミ好きなんだ。知らなかった」

差し出された千円札を受け取って、それからお釣りの小銭を渡そうと財布を探す伸を手で軽く制しながら冴は「べつにふつう」と言った。

「お釣り、いいの？」

「伸だっていつも同じこと言うでしょ。細かいの、増やしたくないし」

数十円をケチるほど日々の生活には困っていない。それに普段同じシチュエーションであれば伸も同じようにするのだから普通であろう、と冴は思う。

「ありがとう。冴って本当にやさしいよね」

しかし伸にすればそんな冴の当たり前すらもやさしいにカウントされてしまうのが、冴にとっては少し煩わしかった。伸は冴のことを神格化している節があると思っている。伸に告白されて、承諾して、交際を始めている。その時点でもう少しきちんと対等な人間だと認識してほしいと思う。

「これぐらい、普通。そろそろ慣れて」

「そうだね。いつも冴には叱られてばかりだ」

伸が伝票を持ってレジに向かう背中を確認してから、冴も荷物を持って後を追った。

カフェを出ると、外には学生らしい服装の人よりも会社員然とした人が多い。伸の隣で道行く人の姿を見ながら、文字通りふらふらと歩く。時々伸にぶつかってみたり、離れてみたり。間違えることなく履いてきたスニーカーは歩きやすく、街中の会社員が履くパンプスよりもずっと遠くに行けそうだった。それでも冴は、自分はパンプスが履けなければスニーカーを履いて遠くに行くだけの力は得られないと知っていた。遠くに行きたいと思ってすらいないことも。

伸の隣で微妙な高さのパンプスを履くのがちょうどいい。

「友達に、二人とも就活中なのに会えてていいねって言われた」

「会いすぎ？　迷惑だった？　ごめん」

言いながら冴を見る伸は、申し訳なさそうというよりも困っているような顔をしていた。冴はそんなつもりではなかったのに、と思いながら言葉を続けた。

「ううん。私も会いたかったし。無理だったら断ってるし」

言い終わって一拍置いてから、なるべくニッとしたいたずらっぽい笑顔になるように笑ってみせると、伸はまだ困った顔で笑っていた。

「授業も被ってるから余計そう見えるのかな」

「同じこと言った。でも一緒に受けてはないけどね」

「まあ、連絡は取ってるし顔合わせたら話はするから」

退屈な会話の内容でも、言葉を交わしているのがなんとなく楽しい気がする、ということはかなり伸のことが好きなんだろうと冴は考える。息をするように自然に伸の手に自分の手を滑り込ませてみると、伸は同じくらいに自然に手を握り返してきた。

この瞬間を写真に撮ったら、さぞありきたりな良い写真になるのだろうと思う。いかにも気難しい後輩が嫌いそうな写真だと思うと、笑いそうになった。逆に野上先輩なんかは嫌いではなさそうだと思う。それからすぐに、元カレのことを今の彼氏と手をつないでいる時に思い出すのは良くないなあと思い直し、冴は今度こそくすくすと笑った。

「なにかあった？」

急に笑った冴を見て、伸が怪訝《けげん》な顔をする。

「ううん。思い出し笑い」

冴が誤魔化すと、それ以上は何も追及せずに伸は冴にささやいた。

「今日家来る?」

「えー、明日大学あるんだけど」

そう言いながら、元カレのことを思い出してしまったお詫びに、少しなら行ってもいいかな、と思う。

「終電で帰れなかったらタクシー代出してよね」

「もちろん」

そんなつもりのない軽口に対して真面目な声色で返事をした伸に、冴は軽く息を吐いた。


十月になってもまだ夏を感じているというのは何事であろうか。

冴はやっとノースリーブから半袖に変わったトップスを見下ろしてから、日傘越しの太陽をにらむ。真っ黒な日傘に遮られ、肝心の太陽本体は見えないが、どうせ上にあるのだから正確な位置はそれほど重要でない。

「あっつ」

日傘をさしてしまえば顔も見えない。通行人に聞こえないように文句を口に出した。本来であれば授業はない日にもかかわらず、卒業論文の担当の先生に呼び出されて冴は大学に向かっていた。ついでに冴が所属している写真サークルの方にも顔を出そうかと思う。今の時期は学園祭に向けて展示物や販売物の準備をしていたはずだ。毎年四年生の参加は任意であるが、参加率は悪くない。過去に撮った写真を出す人もいるため、そんなに負担の重くない催しではあるが、冴は参加しなかった。

――今日部室寄ったら誰かいる?

勝手に行って面識のない一年生しかいないのも困ると思い、今の部長に尋ねる。部長は一つ下の岩田那美という女の子だった。派手ではないが大人しくもないような、いたって普通の大学生で、冴の送ったメッセージにすぐに既読が付いた。おそらく授業中のはずだが、退屈な授業なのかもしれない。

――今日は私は五限終わったら行きます。いつもその時間には三年だと在沢とか浅沼とかゆずちゃんとか来ることが多いですね。バイトなければですけど

――了解。ありがと。時間あったらよるかも

――待ってます

ふうん、と思ってスマホのトーク画面を閉じた。

聞いた限りだと、部長の那美くらいしか冴と仲の良い後輩はいなかったが、暑い中わざわざ大学に来て、後輩に連絡までしたのだから一応顔だけ出すことにして、冴は一度コンビニに寄った。新作のお菓子のコーナーを通り過ぎて、スイーツのコーナーへ向かう。目当てにしていたチーズケーキは売り切れていて、投げやりな気持ちで苺の載ったカップケーキを買う。部室のカメラ借りて撮ろうかな、とレジ袋に入ったカップケーキを見下ろして、冴は大学までの道を歩いた。

校舎内は涼しく程よい温度が保たれている。日傘をたたんで鞄に入れてから、教授の研究室に向かう。授業中の校舎内は人も少なく、エレベーターの待ち時間もなく、すんなりと乗ることができる。冴はネイルをカチカチと鳴らしながらスマホの画面をたたいた。

「失礼しまーす」

教授の研究室のドアをノックして、小さな声で挨拶をしながら入る。薄暗い研究室には鍵がかかっていないが教授の姿もなく、呼び出したくせに何事かと少しむっとした。

「誰もいないです？」

見回すだけで狭い研究室には誰もいないことなどわかりきっていたが、念のためもう一度確認のために声をかける。応答が何もないことを確かめてから、冴はソファに座る。うっかり癖で足を組んでから、ここが研究室だということを思い出し、そっと戻した。

――今日私学校いるんだけど、伸もいる？　サークル顔出したあと暇だから、伸も暇なら会おうよ
伸に一言連絡をしてからSNSをだらだらとチェックする。就活の終わった友人たちの華やかな投稿や、インフルエンサーのコスメやファッション情報が目に入る。アイシャドウ。バーベキュー。テーマパーク。ヘアアレンジ。情報量の多さに目が画面を滑っていくようで、画面を閉じて別のアプリを開きたくなるが、閉じるタイミングもつかめずに、あっという間に時は溶けていった。

「茂原さんすみません。お待たせしました」

冴が顔をあげると、いくつか本を持ったこの研究室の主がにこにこと冴を見ていた。

「いえ、今来たところです」

突然の教授の登場に驚いて明らかに嘘だとバレる返答をしたことに、言葉を発しながら気がつき、冴は気まずげな顔をした。教授は特に気にすることなく「そうですか」とさらりと流して本題に入っていく。卒論のテーマについてもう少し詰めてほしい点の指摘と、一緒にこのテーマについても触れていくとボリューム感も出て良い卒業論文になるのではないかという提案で、冴はこの先生についていればきっと問題なく卒業できるだろうなと思った。

「それで、この本が多分茂原さんのテーマに合うかと思って来てもらったんです。いや実は知り合いの本なんだけど学生に薦めてくれってたくさん献本してもらいましてね。一冊もらってくれたら嬉しいのですが」

「あ、それは助かります。参考にさせていただきます」

冴が受け取ると、うんうんとにこやかに頷いてから教授は「では、話は以上ですので帰ってもいいですよ」とあっさり会話を終わらせた。教授のこういうところが、苦手という人と楽でいいという人に分かれるのだろうと心の中で推測する。冴はこの教授が好きだが、よく一緒に授業を受けているいつメンの結花は「あの人なんか合わないんだよね。コンビニの野菜スティックを付属のソース付けないで食べそうなところがちょっと」と言っていた。冴も付けないで平気なタイプなので、類は友を呼ぶということなのだろうか、と少し複雑な気分になった。

――ごめん、返信遅れた。冴今日大学来てるんだ。サークル何時くらい？　俺今日スマホのロック画面をつけると、伸からの連絡が来ていた。一気に情報を詰め込んでいるようで、通知では途中までしか見えない。どうせ、会えるという返事だろうと冴は思う。

ロックを解除すると、続きの文字も含めて一気に表示された。

――ごめん、返信遅れた。冴今日大学来てるんだ。サークル何時くらい？　俺今日バイトが七時までだからその後なら、バイト先の近くに来てもらうか、遅くなっていいなら大学まで全然いくよ。

予想通りの返信に、だよね、と思う。

冴と伸が付き合い始めてもうすぐ一年が経つ。伸からの熱心なアプローチを、かわしているとバレないようにかわし続けることが面倒になり、冴が流されてみると案の定どんどん進展していく。そしてそれがそこまで不快ではなく、じゃあいいか、と半ば妥協の気持ちで交際を了承したのだった。付き合いたては、やはり面倒だった。なんとなく「冴はやさしいから流されてくれている」「冴はきっとまだそんなに俺のことを好きなわけではないのに」と思っている雰囲気を伸が出すごとにイラッとした。

それが今では一緒にいることが普通になっている。付き合いたてのころはいまいち受け入れられなかったような言動もどんどん許容できるようになっていた。

冴は時々、結婚ってこういう人とするのがいいんじゃないかな、と思っては気が早いと打ち消していた。「愛されていることに慣れる」とはこういうことか、と昔友人のうちの誰かに言われた言葉を思い出す。その時はマイナスのニュアンスを込めていたが、今の冴にとってこの言葉はすごく前向きに思えた。

——伸のバイトの終わり時間にあわせて行く。サークルも長居するつもりないしシンプルな返信を送ってから、写真サークルの部室を目指した。

「おつかれさまでーす」

明るい声色を心がけて部室に入ると、そこにはまだ一つ下の後輩一人しかいなかった。ソファに荷物を投げ出して、机にカメラをひろげてメンテナンスをしている。ドアを開けてほこりが入っては申し訳ないと、ごめんと言いながらそっとドアを閉める。

「あれ、那美ちゃんまだ来てない？」

「岩田さんはまだ来てないですね。というかこの時間は割といつもおれ一人です」

「あ、そうなんだ。宮嶋真澄くん、久しぶりだね」

「そうですね。お久しぶりです。先輩はなぜここに？」

悪い子ではないんだけど、と心の中で付け足して苦笑した。言葉の足りない人は色々なところに存在している。

「卒論のことで呼び出されて、予定まで時間が少しあったから」

「就活は終わったんですか」

「うん。金融系。銀行口座作りたくなったらいつでもどうぞ」

「はい」

この後輩の撮る写真は嫌いではなかった。気が強そうで、生意気で、いつも文句がありそうなのにそれを飲み込んでいるところを可愛いと思っていた。そしてこの後輩から自分は好かれているのだろうという自覚もあった。

「せっかく二人だからさ、いいこと教えてあげるよ」

「またですか」

前に彼には学園祭の販売のデータを見せたことがあったのを思い出す。調べようと思えばサークルのメンバーなら誰でも調べられるデータをまとめたものを、秘密だと言って教えた。まだ覚えていたのか、と冴は思う。思いながら、この「覚えていたのか」はどちらが主語なのだろうかと考える。彼が覚えていたことも、自分が覚えていたこともどちらも意外な気がしていた。

「宮嶋くんの写真、私、野上先輩の写真より好きだよ」

「は？」

空気の漏れたような声が真澄の口から出た。冴はうすく笑う。

「意外？　別に私、野上先輩の写真好きって言ったことないと思うよ」

ただ、一年生の時に付き合っていて、そして彼に写真のことを教わったというだけ。真澄には言う必要がないことは口には出さずに、心に留めた。

「おれがサークルに入ったばっかりのころの先輩の写真は、少し野上先輩みたいだと思っていたので、そういうのが好きなんだと思っていただけです。最近の写真、雰囲気変わりましたもんね。人も撮るようになったし」

「うん。私、人撮るのがいちばん上手みたいだから」

真澄の視線を避けるように、部屋の棚にある部誌を眺める。見慣れた景色に、冴は少し感傷的な気分になっていた。サークルに入ったばかりのころはこんなに見慣れた場所になるとは思いもしていなかった。いかにも大学四年生という思考が少し可笑しい。

「先輩は」

終わったと思っていた会話が、真澄からまた続いた。冴は「ん?」と音だけ出す。

「人を撮るのが上手いんじゃなくて、撮られる人を選ぶのが上手いんです。技術で言えば、今はお菓子とか撮ってる方がありますよ」

貶《けな》されているのか、誉められているのか判断が付きにくい言葉に、冴は少し笑った。彼はどっちでもなくて、思っていることを言っただけだろう、と判断する。

「そう? じゃあどっちも私の長所かもね」

「そうですね」

冗談めかして言ってみると、やる気のない五文字が返ってくる。冴はそれ以上何も言わずにスマホに視線を落とした。

急にガラスの割れるような尖った音がして、冴の意識は現実に引き戻された。

「びっくりした」

「なんか一瞬ぼーっとしてたもんね。で、伸くんに会ったんでしょ？」

手持無沙汰なのか、目の前でストローをいじる智世の左手の薬指から、この間会った時にしていた結婚指輪がなくなっている。

「あれ、智世、指輪しなくなったの？」

「なんかめっちゃむくむし、ネット見ても妊娠後期には外しといた方がいいってあるから外してる。ねえ話逸らさないでよ。伸くんは？」

冴は肩をすくめた。カフェの店内では割れたガラスの片づけが終わったようで、もうさっきまでと何も変わらない様子だった。

「会社の最寄駅が一緒だから偶然会って、その時は何事もなく別れたんだけど、その日遅かったし。でも後日連絡来てさ、なぜかわかんないけど、津久野成輝ってわかる？　伸の友達で、私と高校一緒の人がいて、三人で飲もうって言われたんだよね」

「その津久野くんとは仲良かったの？」

「話したことほぼ無いんだよね。伸と付き合ってる時に何回か話したかな。高校はクラスも違ったし」

「それはミステリーだよ」

大学生のころのようなテンションで、そう言って智世は笑った。アラサーで、もう少ししたら母親になるとは思えない智世を見ながら、大人とは子どもや学生のころと地続きの存在なのだと思う。

「めっちゃ嫌だし、ていうか別れ切り出した側の人間がしていい行動じゃなくない？完全に私サイドの人いないし、何話すのって感じじゃん。無理すぎて、無理かなって言った」

「それはそう言うしかないもん。そしたらなんて？」

「それもわけわからなくて、津久野くんがちょっと前に彼女と別れたらしいんだけど、それが俺らのせいかもって言いだして。なんか、私と仲が別れたのを話したことがきっかけで別れようってなったっぽいって言ってて」

話しながら、冴の口調に笑いが滲む。智世もこらえきれなくなったように声を出して笑いだした。

「わかんないけどさ、百歩譲って私たちが別れたのがきっかけだとしても、私関係ないし、それで三人で飲むのめっちゃ気まずいし、何がしたいのかな」

「絶対それ伸くんが冴のことまだ好きパターンじゃない？」

「あの微妙な別れ方したのに？　しかも津久野くん来るって言って、私が来る確率少なくない？　ゼミの子とかサークルの人の方がまだありそうだけど」

そう言いながら、冴はゼミの友人もサークルの友人もほとんど紹介したことがなかったと気づく。いつメンと呼ばれる人たちですら、授業が被れば「これ彼氏」「この子友達」とそっけない紹介をするだけだった。

伸が呼べるような相手に冴の友人はいないとなると、成輝が共通の友人としていちばんふさわしいということになるのかもしれないと冴は思う。

「まあ、伸くんは後悔した方がいいよ。冴と別れるなんてもったいないもん」

「本当にそうだよね」

仰々しく同意をしながら、半分は本心のつもりで相槌をうつ。

智世は笑った顔のまま、声色だけは真剣に冴に言った。

「冴はちゃんと『イイオンナ』なんだから、大事にされるだけじゃなくて、大事にしたい人見つけた方がいいんじゃない？」

冴は息を漏らすように笑って、まあね、と言った。智世と友達で良かったと、冴は急に思った。

智世と話してからしばらく経った日の夜。冴はテレビでネットフリックスを流しながらスマホを見ていた。不意にスマホの画面の上部に出てきた伸からのメッセージに冴は顔をしかめて、んー、という声を出す。

――成輝と一緒じゃなくても今度一緒にご飯行くのはだめ？

――理由ないじゃん。私たちもう別に友達でもないし

――じゃあ友達になろうよ

――昔は友達だったと思う。それから恋人になった。それで、別れたいって言ったのは伸でしょ。もう戻るのは無理だと思う

既読が付く前に冴はトーク画面を閉じて、スマホをその辺に置いた。

「めんどくさい。ブロックしたい。でも今転職する余裕も引っ越す余裕もない。実家戻ろうかな」

呪詛のように一人でぶつぶつ言いながら、通知で明るくなったスマホの画面を薄目

で見た。実家から今の職場までは通勤に一時間と少しかかってしまうため一人暮らしをしている。もし実家に戻れば、通勤時間が長くなるのは痛手だが、早く帰る理由にはなる。転職するまでの間に最寄駅で会ってしまっても、終電を言い訳にすれば大丈夫だろう、と冴は思うが、やはり今の家の快適さは捨てがたかった。

スマホの画面をつけてみると、伸からの返信が来ているのがわかったが、一度無視をしてインターネットを開く。転職サイトで検索すると、色々な企業が出てきた。冴はすいすいと画面をスクロールさせて見ていく。今働いている金融系ではなく、他の業種で探すとなると「未経験者」という項目にもチェックを入れなければならない。待遇の面では今の会社より落ちるところが多く、条件を細かく入れれば入れるほど、当たり前だが絞られていく。

「次働くなら、ネイルと髪色自由がいいな。行くまでわかんないか。あと完全週休二日制。有休が自由にとれる。残業少なめ。リモート可能」

年収の条件を入れる前なのに既に二十八件、と表示された画面を見ながら冴は転職へのモチベーションがどんどん低下していくのがわかった。

「伸が転職してくれれば良くない？　ていうか話しかけないでくれればそれでいいん

だけど、無理かな」

イラついたままメッセージを開くと、伸からは丁寧な謝罪とメッセージが追加で何件も届いている。そのなにもわかってなさに、冴はよりいらいらとした。

――ほんとうにごめん。あれから別れたこと後悔してた。

――冴に愛されていたのかもしれないってやっと思ったよ
――もう一回友達からでいいからやり直せないかな。本当にごめん。

冴はまた、んー、という声を出した。

――もう無理だと思う。同じことの繰り返しになると思うし、信用できない。

その後に「もう会いたくない」と書きかけて、消した。そこまで言うのは、少し怖い。

最後の冴のメッセージに既読がついて、返信が来ないのを確認してから、冴は今度こそトークルームを閉じた。

「別れてから結構経ってるのに、なんなんだろ」

イラついた気持ちを抱えてSNSをチェックしながら、冴は冷凍庫にアイスクリームを取りに行った。マイナスな気持ちの日用のチョコレートアイスはこの間スーパーで買ってきてからずっと冷えている。あの寒い空間からすくいだしてあげる良い機会だと冴は思った。

通勤中、冴はいつもイヤホンをして音楽を聴いている。だからその日の会社帰りも自分を呼ぶ声に気がつくことはなく、肩を二度、羽織ったカーディガンの上から叩かれてやっと気がついた。

「茂原」

「津久野くん、だよね。久しぶり」

「久しぶり」

会社の最寄駅から数駅離れた乗換の駅のホームで、成輝に会う。その偶然と言えないような偶然に、冴は眉をひそめた。

「じゃあ」

「まって、あのさ、久しぶりだしこの後暇じゃない？　ご飯行かない？」

慌てて引き留める成輝に、冴はため息を吐いた。

「伸に何か言われた？」

「……言われてなくはないけど、これはまじで偶然。怪しいけど本当だから。ご飯行くのが嫌ならカフェとかでいいし、奢るし」

「飲み物は奢らないでいいから、スコーン買って。そこのカフェで閉店までなら」

妥協して近くにあるカフェをしめすと、成輝はたすかると言った。

頼んだカフェラテのふたを外して一口飲む。ほどよい熱さがのどを通り過ぎて行った。オーブンで温められたスコーンもほかほかと湯気をたてている。冴は成輝の頼んだホットサンドを見ながら、それも美味しそうだったと思った。

「それで、なに?」

「いや、伸から茂原に会ったって聞いて、ヨリ戻すの?」

意を決したように成輝が言うのを冴はため息を吐きたい気持ちをこらえながら聞いていた。

「もどさないよ」

「なんで?」

「津久野くんに言う必要はないと思う。そういえば津久野くん、彼女と別れたんでしょ? それは私のせい?」

「いや、違うよ。俺のせい」

意地の悪い気持ちで尋ねたが、成輝があっさり答えたため冴は拍子抜けした。

「仲に言われた。成輝が別れたのは俺たちのせいかもって」

成輝の顔を見ているのも気まずくて、冴はカフェラテの水面に視線を落とす。フォームミルクの泡は消えて、柔らかなブラウンの液体が静かにそこにあるだけだった。

「あいつ、そんなこと言ったのかよ。いや、確かにきっかけだったかもしれないけど、俺が決めたことだし、別れた理由もお前らとは違う」

「じゃあそう言っておいて」

「わかった。……なんで仲と会わないの？」

成輝に聞かれて冴は首をかしげる。なんで。なんで、とはなぜということ。理由を聞かれている。冴は少し考えてから、口を開いた。

「だって、もう友達でもないし友達になる予定もないのに会うのは変じゃない？ 逆にさ、なんでそんな会ってほしいの？ 仕事の帰りに駅で何度も会ったり連絡来たり、結構怖いんだけど」

「これは本当に偶然だし、俺も仕事の帰りだから」

「私から見たら一緒」

「ごめん」

冴は長いため息を吐いた。

「嫌いになったわけじゃない。でも嫌いになりそうだよ」

ふたを外してしまったカフェラテはどんどん冷めていく。スリーブを外してカップの側面を指の腹で撫でてみると、ほんのりとしたぬるさが指に伝わった。

「茂原の言いたいことはわかるんだけど、一回でいいから会ってあげて欲しい」

「弱みでも握られてるの？」

「弱み、というか、俺が別れたのを後悔してて、もっと色んなこと伝えたらよかったとか、みっともなくても頑張ればよかったとか思ってるから」

冴は目を細めた。それってただの自己満足に私を巻き込んでいるだけじゃない、と冴は思う。冴が伸と別れた時、しばらくは後悔もしたが折り合いをつけてこうしてやってきているのだ。それなのに、こんな風に人に頼んでまで冴との関係を戻したいというやり方は、あまり好きではなかった。

「そうなんだ。後悔、してるんだね」

冴が神妙に頷くと成輝はほっとした顔をした。

「一方的なのはわかるんだけど、俺は伸にもちゃんと後悔しないで欲しいって思うし、茂原にも伸がどんな気持ちだったかとかちゃんと聞いてもらえればいいんじゃないかなって思ってる」

「うん。言葉にしないとわかんないこともあるよね」

食べるタイミングを失ってまだ半分残っていたスコーンを割って口に入れた。口の中の水分がスコーンに奪われていく。こうやって話す場にはスコーンは向いていないから次からはやめようと冴は思った。

冷めた気持ちをしまい込みながら、その後にはなんとなく高校の同級生の話をして、曖昧なまま解散になった。

「そういえば、今日茂原に会ったって伸に言ってもいい？」

「え」

「いや、一応」

「別に構わないけど、言わなくても良くない？」

「言った方がいいって。隠してるとやましいみたいじゃん」

「うん」

不本意です、となるべく伝わるように冴は頷いた。

めんどくさいなこの人たち。帰り道、冴は心の中で文句を言いながらイヤホンの音量を上げる。ガンガン鳴る曲が他者の存在を薄れさせ、冴はふうと息を吐いた。しばらくしたら確実に来るであろう伸からの連絡のことは一旦忘れようと、電車のドアにもたれかかりながら軽く目を閉じた。


冴の感想は、思ったより早いな、だった。成輝と会った次の日には伸からの連絡があり、空いている日を尋ねられ、次の週の金曜の夜には会うことになっていた。

仕事終わりに、職場のトイレで念入りに化粧を直す。水で濡らしたスポンジでファンデーションのよれを直し、ブラシで軽くパウダーをのせる。チークはほぼ入れずに、はっきりした色のリップを唇に塗り、ラメの入ったグロスを上からおく。最後にハイライトを入れて、完成だった。朝きっちり上げたまつ毛はまだ上がったままで、冴は鏡を見ながら満足げに頷いた。

「茂原さん、デートですか？」

すれ違った同僚にからかいを含んだ声色で問われ、冴は眉を下げて笑った。

「デートだったらいいんですけど、全然違ってて、ちょっと憂鬱なイベントです」

「そうなんですか。じゃあ頑張ってください」

「はーい、ありがとうございます」

去っていく同僚からはふわりと香水のはなやかな香りがして、冴は香水を忘れていたことを思い出した。会社の裏に入り、手首とうなじに香水をふりかける。お気に入りの香水の香りが冴を包んだ。

よし。

戦場に行くような心境で冴は待ち合わせ場所まで歩いた。

「おまたせ」

先に入っていると連絡があり、指定された店に入る。店員に案内されて奥のテーブルに行くと、スマホをいじる伸がいた。声をかけると、スマホを置いて、飲み物のメニューを開いた。

「何飲む？」

「緑茶」

「ノンアルでいいの？」

「うん。今日はいい」

飲み物はすぐに来て、ちびちび飲みながら他愛もない会話をした。この店を紹介してくれたのは成輝だ、とか、最近大学のゼミの人が結婚した、とか、そういう話に相槌をうちながら、冴は早く本題に入ってくれないかなと考えていた。

「それで、話したいことって何？」

不意に訪れた会話の切れ目で、冴が尋ねた。

「話したいことっていうか」

「無いの？　私、津久野くんから、伸には私に話したいことがあるって聞いて、今日来たんだけど」

「なんかそう言われると、話しづらいな」

「うん。でも話して」

斧《おの》を振り下ろすように言った。伸は驚いたように冴を見てから、目線を少し下げて話し始める。息を吸ったからか、少し顎が上がっていた。

「冴のことがまだ好きだよ。別れたいって言ったのも、それで傷つけたのも申し訳なく思ってるし、許したくないかもしれないけど、俺はまだ好きだと思ってる」

「うん。そっか。でも私はもう伸のこと好きじゃない。あんな風に言われて、こんなに時間が経って、無理だよ」

「ごめん」

伸が口をつぐむ。冴は、なんだかまた別れ話をしているようだと思った。

「伸が別れる時に言った言葉覚えてる？　冴が俺のこと好きだとは思えない。それがもうしんどい。だよ。私、伸よりは数が少なかったかもしれないけど、ちゃんと言葉にはしてたし、好きだなって思ってたんだよ。……この話、前もしたね」

「うん。覚えてる。冴を信じられなくなって不安になった俺が悪いと思ってる。でもやっぱり俺にとって冴は大切な存在だったし、いなくなって本当に、ありがちな表現だけど心にぽっかり穴が開いた気がしてた」

運ばれてきた唐揚げをつまみながら、冴は、この会話は本当に面倒だと思った。前にした話をなぞるような平行線の会話。

「熱いうちに食べた方がいいよ」

「あ、うん」

冴は伸が唐揚げを口にするのを見ていた。

「伸がそう思ってくれるのはありがたいけど、私はもうそう思ってないから。言葉が信用できなくなったらもうその関係は破綻してると思う」

「……うん。ごめん」

「もう連絡もしないで欲しい。駅で見かけても声をかけないで欲しい。諦めてくれないかな」

冴の言葉に伸は傷ついた顔をした。まるで冴だけが悪いかのように思えて、冴は深く息をする。流された方が楽なことはわかっていて、だからこそこうして会ってしまっているが、これ以上流されてしまえばきっと後悔するだろう。相手を傷つけないと先に進めない悲しさを、冴はただ面倒だという言葉に置き換えて心の中に仕舞った。

「友達もむり?」

「うん。残念だけど。だってもう、怖いって思っちゃってるの。あなたが私に危害を加えないことはわかっているし、信じているのに、怖いんだよ。なんかそれって、もうダメだなって感じしない?」

伸は黙っていた。言うつもりのなかったことまで言ってしまったことに対する後悔がじわりと滲んだが、取り消すこともできずに、そしてするつもりもなく、冴はテーブルの上の料理を自分の皿にせっせと載せていった。

「怖い、か」

「駅で何回も会うのも、連絡が来るのも、なんか、理解が及ばなくて怖かった」

「理解？」

「うん。なんで、あなたから別れたのにまたこんなに会おうとしてくるんだろうって思った」

「そっか」

そっか。そんな風に言われるとまるで自分が理不尽に何かを訴えているようだ。それがなんか嫌だ、と思う。冴はまだ伸を嫌いではなかったが、このままでは本当に嫌いになりそうだった。自分が相手の粗《あら》を探しているようで、どんどん不快な気分になる。

「今日で最後にしよう。もう、街で見かけても声はかけないで欲しい。それを承諾してくれるなら、今日は最後の宴《うたげ》にしようよ。楽しく終わらない？」

「でも俺は」

「まだ、言いたいことある？　言っても私は変わらないよ。それなら、言わずに飲み込んで、最後楽しく終わるのがいいと思うんだけどダメ？」

冴はきつい声を出した。

「そうだね。……なんか、冴、変わったね」

「伸が知ってる私は、友達の私と恋人の私だからね。変わるよ」

当たり前のように答えた。伸も当たり前のように「それはそうか」と言った。

やっと恋が終わる気配がした。

それから、また他愛もない話をして、付き合っていたころのように笑って、友達だったころのようにノンアルコールのグラスを交わした。

「そろそろ帰ろうかな」

冴がスマホに表示されている時間を見ながらそう切り出すと、伸はまた傷ついた顔をしながら自分のスマホを見た。

「もうそんな時間か」

「明日も予定があるの」

「じゃあしょうがないな」

「うん」

切ない映画のラストシーンのようなやり取りに、冴はこそばゆい感覚がした。

「俺、だすよ」

「最後だからそれはダメ。きっちり割り勘にしよ」

「……冴がそう言うなら」

そのために用意してきた小銭をたくさん使って、冴はきっちり半額支払った。貸し借り無しの、気遣いも無しの、対等な割り勘。

店を出て、まだ人のいる繁華街を歩きながら、冴はこの空気に便乗するのもいいかもしれない、と思う。金曜日の、終電まではまだ一時間以上ある夜は、自然と冴をそんな気持ちにさせた。

駅が見えてきて、冴は言った。

「伸はさ、私の知らないところで、ちゃんと幸せになってね」

伸の顔をのぞきこんで、冴はふっと笑った。

「なんて顔してるの。変だよ」

「いや、なんか、あの、エモさに泣きそうになった」

「大学生みたいな語彙使わないでよ」

別れてからはじめて二人で笑った気がして、冴は雰囲気に流されてみて良かったかもしれないと思った。

「じゃあ、ここで」

笑いのひいたタイミングで、冴はそう言って、ホームに向かって一歩踏み出した。

「うん。じゃあ」

伸の挨拶を笑みだけで受ける。

歩きだした冴は、いつものように耳にイヤホンをさして、お気に入りの曲をかける。

達成感と寂寥《せきりょう》感を胸の内に同居させながら、次はもう少し楽な恋愛したいなあ、と思った。

本書は書き下ろしです。

カバーイラスト　ウオズミアミ
ブックデザイン　bookwall

宮田愛萌（みやた・まなも）

1998年4月28日生まれ、東京都出身。2023年、アイドル卒業時にデビュー作『きらきらし』を上梓。

現在は文筆家として小説、エッセイ、短歌などジャンルを問わず活躍。

あやふやで、不確かな

2024年4月15日　第1刷発行

著　者　宮田愛萌
発行人　見城 徹
編集人　菊地朱雅子
編集者　黒川美聡
発行所　株式会社 幻冬舎
〒151-0051 東京都渋谷区千駄ヶ谷4-9-7
電話　03(5411)6211(編集)
03(5411)6222(営業)
公式HP　https://www.gentosha.co.jp/
印刷・製本所　図書印刷株式会社

検印廃止

Printed in Japan
ISBN978-4-344-04259-9 C0093

この本に関するご意見・ご感想は、下記アンケートフォームからお寄せください。
https://www.gentosha.co.jp/e/